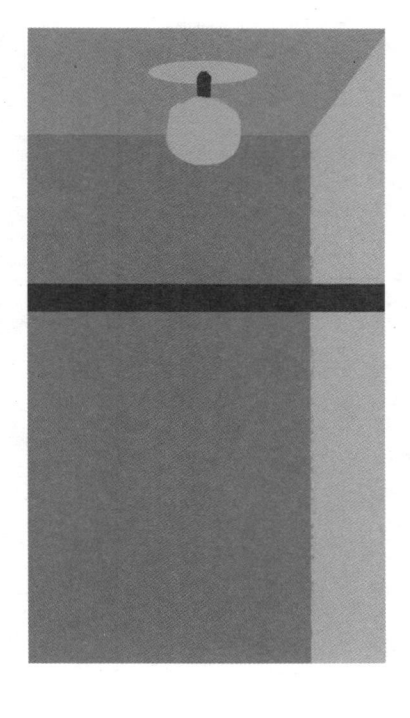

用一首诗代替我痛哭

温度 著

陕西新华出版
太白文艺出版社·西安

图书在版编目（CIP）数据

用一首诗代替我痛哭 / 温度著. — 西安：太白文艺出版社，2024.5
ISBN 978-7-5513-2603-2

Ⅰ.①用… Ⅱ.①温… Ⅲ.①诗集－中国－当代 Ⅳ.①I227

中国国家版本馆CIP数据核字(2024)第074332号

用一首诗代替我痛哭
YONG YI SHOU SHI DAITI WO TONGKU

作　　者	温　度
责任编辑	李明婕　林　兰
策　　划	泥流文化传媒
封面设计	风信子
版式设计	建明文化
出版发行	太白文艺出版社
经　　销	新华书店
印　　刷	三河市华东印刷有限公司
开　　本	880mm×1230mm　1/32
字　　数	130千字
印　　张	7.75
版　　次	2024年5月第1版
印　　次	2024年5月第1次印刷
书　　号	ISBN 978-7-5513-2603-2
定　　价	52.00元

版权所有 翻印必究
如有印装质量问题，可寄出版社印制部调换
联系电话：029-81206800
出版社地址：西安市曲江新区登高路1388号（邮编：710061）
营销中心电话：029-87277748　029-87217872

温度，原名温新民，江西宁都人，新闻工作者。

目录

第一辑 虚掩之门

001 紫云英
002 西斜
003 低烧
004 倒立
005 高难度
006 多好
007 太快了
008 邀友人赴宁书
009 子夜歌

010　奖赏

011　如果荡漾的夜色呛到了他

012　方程

013　旧年的雨

014　小蜡

015　春光误

016　用一首诗代替我痛哭

017　认植物

018　作案现场

019　风远远地吹

020　流逝

021　无稽之谈

022　罗汉岩

023　陈小艺

024　走神

025　神奇先生

026　疼

028　原路返回

030　解脱

031　手机

032　废钢铁

034	情人节说再见
040	西厢记
046	五年之约
047	给妻子写一首诗
048	海浪
049	天涯海角
050	车窗外的雨
051	纸鸢
053	红旗大道
054	虚掩之门
056	美人
057	荷花一直开到秋天
058	发愣
059	甜
060	知己
061	爱人
	——一个年轻朋友讲的故事
062	鼻塞
063	八戒辞
064	鲜花
065	雨夜

第二辑 露天电影

069　仿佛我还是一个小孩

070　高处

071　露天电影

073　冬阳

074　和尚

075　春日（其一）

076　春日（其二）

077　老师

078　陪父母去翠微峰

079　月光

080　看戏

081　六月七日黄昏的教四楼

082　慌张

083　晒场上的父亲

085　冬瓜

086　亲人

087　寺庙

088　彩虹

089　雨夜

090　我的爱，有点疼

092　大海

093	在社保大厅
095	夏日
096	石门颂
097	夜火车
098	返程
100	秋日
101	与妻书
104	一九七八年的雪花
106	赌
108	慢下来的河
109	抱

第三辑 蚂蚁蚂蚁

113	树影
115	求见
117	老女人
119	早点铺
121	兴宁大道
122	长衫
123	副科级
124	征地

126　午夜
128　街灯
130　饭局
131　呼噜
132　指环
133　来不及了
134　楼顶的脚步声
135　乡音
136　大桥下
137　堂妹
138　大伯
139　蚂蚁（其一）
140　鱼
141　歆歆
142　肩周炎
143　蚂蚁（其二）
144　溺水
145　营底婆婆
146　夜哭
147　黄师傅

148	浓雾
149	上访者
150	那些人都到哪里去了
152	我对世界厌倦已久
153	怪兽
154	石头
155	年轻十岁才好呀
156	在医院
157	浮沉
158	此身将老
159	不眠者
160	元旦前作
161	填涂
162	流浪记
163	纸船
165	陈振宇
168	那些女孩们
170	温春明
172	三个孩子
173	狗

第四辑 野草疯长

177　蝴蝶
178　午后山谷
179　山谷鸟鸣
180　烟雨中的白沙村
181　一池春水
182　白鹭
183　白沙村（其一）
185　乡村之夜（其一）
186　乡村之夜（其二）
187　薄凉
188　雨后
189　喊风
191　幸福时光
193　风吹过蔬菜
194　雨中菜园
195　土地上长满一茬一茬的庄稼
197　带女儿去菜地
198　忘了自家的菜地
199　民办老师的菜地

201	新华记
202	这年充沛的雨水让二叔发了愁
204	有空就去菜地转转
206	田塍豆
207	野草疯长
208	白沙村（其二）
209	土堆坪的墓
210	奶奶的桃树
211	这个世界迟早属于野草
212	羊角塘的草
213	菜地
214	八月二十三日夜半惊醒
215	故里草木深
216	泥水匠
217	苍老的白沙村
218	老屋
219	进城
220	断裂
221	返乡

222	回一趟老家吧
223	净土寺
224	种豆
225	石泉寺
226	十方佛
227	葬礼
228	甘露寺的诵经声
229	被覆盖的记忆总会回来

第一辑／虚掩之门

紫云英

紫云英有最蓬勃的欲望和最羞涩的笑容

阳光照下来
阳光照着紫色的海洋
照着细微又恣肆的心事

阳光把幸福的紫云英抱紧

春光多美啊,就像你用紫云英覆盖住身体
春光多美啊,就像你笑着笑着,却突然哭出声来

西斜

一天中走到了下午四点
一年中走到了九月秋凉
一生中,已是无力深爱的中年

阳光透过栅栏,无声地铺在阳台上
盆中的楠竹已失去了
往日的翠绿

我想告诉你,此刻时光静谧
我不想告诉你

我是一只倾斜的
悲伤的瓶子

低烧

心跳加快一拍,体温
上升零点三摄氏度,就是我现在这个模样:

轻微乏力,轻度厌食
偶尔走神
一天中,有那么一两次
流泪的冲动

然而我不打算让你觉察
我白天上班,晚上散步
别人讲段子时,及时露出愚蠢的笑容

这很好。除非有一天
你带着轻轻的喘息,狐疑地碰碰我的额头

倒立

是因为这样看起来
比较性感吗?你困惑中不失聪慧
是的,倒立时的你双腿笔直,小腹紧致
地心引力带来反向的波澜
甚至细微的喘息也带来
致命的晕眩。但我和你所理解的
性感,或许并不完全一样
此时,广场上的风卷着樟树的落叶
在我的裤腿边翻滚,秋天缓慢苍茫
收割和碾轧一切。如果你能理解
一个对世界俯首低眉、顺从已久的男人
心中无尽的悲哀,你就能明白
为什么只是一个倒立,就能让我无可救药地
爱上了你

高难度

劈叉、折叠、倒立,这些高难度的动作
都能做得很娴熟。你的热情无疑感染了我

"它们使我的形体更漂亮,更性感
……我很性感,不是吗?"我承认,对我来说,你是

美丽和美好本身。而我,首要的难题
是如何区分,我所迷恋的,是把黯淡的秋天

劈叉、折叠,然后倒立的冲动
还是那个在春风里微笑的你

多好

落叶翻滚的广场,盛开的杜鹃花
摆成巨大心形,多好

寂静无澜的凯旋湖,一尾红色鲤鱼
甩开了一圈涟漪,多好

翠微峰伸出手去,挽留住一朵
路过的白云,多好

脑海中正浮现你美丽的身影
微信准时传来轻轻的叮咚声

这有多好

太快了

天际坠落的流星,那道炫目的光
太快了
跌落悬崖的瀑布,纵身一跃的决绝
太快了
在乡间,往灶膛塞蓬松的松针
它的燃烧惊心动魄,然而熄灭亦在瞬间
这的确太快了

你说,从前车马慢
你说,静默的恒星、缓慢的暗河、难燃的硬木
有更值得信赖的品质

是的,太快了
流星凄美的弧线像不像在尖叫
瀑布飞溅的水花像不像在尖叫
松针熊熊的火焰
像不像,绝望的尖叫

邀友人赴宁书

此地有翠微峰，上有易堂和易堂九子
连接它们的裂缝，历史般幽深

此地有青莲寺，寺前的红豆杉
构成悖论的两极

此地有东龙村，实为破败村落
我精心挑选了一张古朴斑驳的图片

像一个捉襟见肘的穷人
不安地摆出了所有的家当

相对于你计划中的目的地，这当然远远不够
我在天平的一端，羞涩地放上了自己

子夜歌

几十年挨上枕头一觉到天亮

一个月来多次凌晨一两点
起身在客厅静坐
一次,是噩梦过于清晰和恐怖
一次,是邻居乔迁的鞭炮声太喧闹

剩下的十几次,身边的夜那么黑,远方的你那么美

奖赏

"我喜欢你的诗。"我承认,你的话让我
有点小小的激动。本不该如此,这些年
我早清楚自己的斤两,写诗,再无更大野心
"这个时代百分之九十九的诗歌
都是垃圾。"毫无疑问,持此论者都把自己划入了
另外的百分之一。诗人们争相发表类似言论
也许是话语争夺的策略,但我不会有被冒犯之感
如果以传世作为价值判断
我的写作将毫无意义:力不从心的小才情
小感觉,只够欢娱自己。明了这点,你就能理解
为什么一个女人的夸赞,比流传的梦想,更能带给
 我真实的欢喜
就像是收到一笔,额外的丰厚奖赏

如果荡漾的夜色呛到了他

如果一个人,深夜十二点还不睡

如果他不睡又不看电视

如果他不看电视又不玩手机

如果他不玩手机,偏偏又把它握在胸前

如果他躺在阳台的摇椅上,悄无声息,像个孤独的鬼魂

如果他终于等到一句没头没脑的"晚安"

如果他深吸一口气,如果荡漾的夜色呛到了他

方程

一个资料说,一个人一生

会遇上八百万个陌生人

将和其中四万人打招呼

有三百人,关系亲近

大约会被他们中的八个爱上

照此计算,对你来说,最初

我是这地球上的六十亿分之一

两年前,变成了八百万分之一

二十三个月前,是四万分之一

六个月前,是三百分之一

一个月前,则成为八分之一

这真是一道不可思议的数学题

它包含诸多变量:时空的裂缝、旧年的雪花

蝴蝶、潮汐和血液的尖叫

为了使它成立,上帝给了我们一个

神秘而幸运的方程

旧年的雨

旧年的雨是中年男人的冷暴力

从十二月到次年的三月
上帝有一个油腻的花洒
满腔的愤怒过滤成为
阴郁、无声而漫长的浸泡
——真令人绝望。上帝的克制
不过是窝囊的算计

即便我在园子里看到,樱花滚动的泪珠上
间或反射出温情脉脉的阳光
我也并不打算原谅他

即便我突然想到
这是一个恋爱中的上帝

小蜡

在大片艳丽的杜鹃边上
小蜡开得羞怯、委屈、小心翼翼

撑着伞来看杜鹃的人
有着和杜鹃同样美丽的裙摆

她发出轻声尖叫
仿佛所有的苦闷都消弭于无形

"好漂亮啊！"她的快乐只停顿了
半分钟："你说，是不是因为我还不够好？"

杜鹃丛中的女人，即便是忧虑的样子
也是漂亮的。男人在心里喟叹一声

他盯着灌木上滚落的水滴
没头没脑地说："这种花叫小蜡，它有浓郁的香

我喜欢它的名字，仿佛是来自聊斋。"

春光误

下雨的时候,我撑着伞
到园子里散步

迎春花、玫瑰、山茶花、杜鹃都开了
一朵比一朵娇羞
一株比一株艳丽
侧着脸,觑着人
脸上的泪珠滚动着
晃着路人的眼

小蜡有一张淡漠的,小小的脸
拒绝让人看到潮湿的心事

哎呀!万物疯长啊,小蜡
哎呀!大好春光啊,小蜡

想你的时候,我就撑着伞
到园子里散步

用一首诗代替我痛哭

五月过后,山上的植物有了沉稳的颜色
那些明艳的,轻俏的,波动的
带着水汽的过往,化为堆积的色素

五月后我很少到山上去
有一些时间,我处理日常俗事
偶尔看书:沉闷的史
恭谦客气地接听电话
五月里我有了轻微的烟瘾
烟灰的沉默和烟雾的奇诡让我着迷

如果凯旋湖的水在半夜里漫过了堤岸
我就爬起来写一首诗

认植物

后来我们就去认植物
满脸沟壑的护林员心中装着
整个马头山：鹤顶兰、山苍子、半枫荷、蛛网萼
同行者兴奋地围着植物拍照
带着初识的喜悦

我和这些植物熟识已久，知根知底
神情淡漠地听你轻轻喟叹

和你第一次相见
我也有同样轻微的战栗
我也和他们一样，注意力集中于
那绰约的风姿，对智者的提醒充耳不闻——

金钩吻：色明艳，气芬芳，味辛苦，服之断肠

作案现场

清洗完身上的痕迹,他混在围观的人群中
回到作案现场。空气中的气息浓郁而陈腐
樱花如雪,短暂的飘落中,迅速变得枯黄
落地的一瞬间化为灰烬。"他有石头一样的硬心肠
和诡异的逃脱术。"——是的,现场只留下
哀伤的薜荔、月亮的碎片和被谋杀的闪电
他惊异于自己突然获得的超能力
"为什么?"他就那样凭空抓出一件
火红的斗篷,抓住时间用力一拉,纵身跳入裂缝
从此销声匿迹。"说到底,我们都是自私的人。"
藏身时间皱褶中的隐形人,这样感慨地想
他突然惊讶地发现,四周的人和物纷纷消失不见
而自己其实一直就在现场,从不曾也无法离开
那件火红的斗篷,颜色渐渐变蓝,最后变成一块莹
　　莹的寒冰

风远远地吹

终于，不再计较
不再愤怒

风远远地吹
有时快，有时慢
扬扬得意，或蹙着眉头
它吹过垂柳和小叶樟
发出的声音却并不一致

吹过杉木张开的指尖
杉木和风，都有尖锐的刺痛

风远远地吹。这情景，如昨日
如隔世
那些细微之处，已无人肯分辨

流逝

凌晨的灯光,有水墨洇染的形状
和蛐蛐轻鸣的声音

而我爱你,仿佛是久远时候的事情

无稽之谈

假设他们一个来自赣南小县城
一个来自甘肃的高台
假设他们一个来参加枯燥的行业会议
一个百无聊赖地来看王勃笔下的滕王阁
假设上帝如顽童般,给出一个恶作剧的
生命方程式,那么,他们人生的曲线
会在南昌二经路的一个小酒馆相遇
并在此后的一段时间里,呈现出乱麻似的纠缠
为此,上帝殷勤地安排了,一个共同的熟人
来组织这场小范围的饭局
可预想的情节是,他们在饭局上相谈甚欢
彼此交换了名片,之后很多天,在一个
寂寞的夜晚,他尝试着给她发了条信息
但我说的是另一种可能,在熟人饭局电话前一分钟
来自赣南的男人,碰上了老同学张三
(上帝出现了疏忽)男人夸张地说:"嗨,张三!"
上帝这时突然发现,其中一条曲线轻巧地转了个弯
他惊奇地伸出手,摸了摸自己的额头

罗汉岩

唱曲的老人还在,声音仍然和他的二胡声
一样嘶哑苍凉。拜过的罗汉仍然端坐
石壁之下,没心没肺地笑
"马尾水"和"米筛水"仍然不停息地
从崖顶落下,以此为背景
你拍过一张照片——写到这里,飘荡不羁的怅惘
才被我一把抓住:用"仍然"混淆"不停息"
是我全部的梦想和失望

陈小艺

"一个黄土到胸的老男人
矫情多没意思。"陈小艺的安慰带着嘲讽
"可是我时光虚度,一事无成。当年吹过的牛逼
一个也没实现。"
这些年,沮丧的感觉如影随形,我越发脆弱
爱上了倾诉:"时常感觉呼吸困难,胸口如有大石
最近全是抓痕。""你这是病,得治。"陈小艺为
　自己的机智
哈哈笑了起来。我承认我不具备老男人
应有的豁达:"就像你,这么多年也不知道
上哪里去了,到现在我也没找着。"

走神

坐在我对面吃饭的人
大约四十岁,肥胖,有点秃顶
餐盘里盛的,几乎都是肥肉
他闷头大吃,满嘴油光
这个自暴自弃的人
生活肯定没有给他值得
控制自己的理由——他突然意外地
慢了下来:咬着筷子
半晌忘记拿出,他似乎想起什么
蹙着眉,慢慢愤怒起来,又扑哧一笑
才猛然惊觉,紧张地看看四周
这个中年男人,显然被自己吓坏了
收拾餐具匆匆离去——那一刻,我几乎怀疑
自己面前立着一面镜子
镜中那个男人,心里也住着一个
叫作陈小艺的女人

神奇先生

他变成了神奇先生,手臂
延伸,悄悄地下楼,出了小区,上了公路
贴着地面飞。有一次,他和一辆狂飙的小车
齐头并进,但很快厌倦了
甩了那车;还有一次,一个夜归的人
趔趄地横穿了他,轻微的抖动把这个醉鬼
吓得不轻,疑惑地停下来,又摇摇头
嘟囔着咧嘴笑了。那只手臂无声地挤进
几百里外的一道门缝
攀上床头,捏了捏恬静面孔上的鼻子
梦中的女孩不满地皱了皱眉头
他嘿嘿一笑,满意地缩回了手臂

疼

点天灯是疼的：麻布包裹，油缸浸泡
头下脚上拴于木杆，脚上的火焰
比烟花更令人激动
腰斩是疼的：宣花大斧落下，俞鸿图变成两段
盲目的蚯蚓，扭成七个"惨"字
车裂是疼的：五匹骏马嘶吼，坚韧的躯体
是否能令它们扬起前蹄
烹饪是疼的：刘邦如若分得一杯肉羹
耳边惨叫将伴随一生
梳洗是疼的：滚水浇过的背部
刚好半熟，铁刷的力度需要
恰到好处，方能把皮肉慢慢刷尽
留下一具白骨的标本
凌迟是疼的：刘瑾三千三百五十七刀，袁崇焕
　三千五百四十三刀
洪天贵福，一千五百一十六刀即命绝，主刀者技艺
还需精进

是的，剥皮是疼的：头顶
十字划开，注入的水银慢慢将皮肉
分离，把皮留下，哗啦一声
从头皮豁口中蹿出的，到底是蛇还是上帝

爱你，是疼的……

原路返回

你说人死之时,灵魂会
脱离躯体,把留在人间的脚印
一一收走。那一天
我沿着生命的轨道
原路返回,内心慈悲平和
人死了,脚印也轻飘飘的
轻轻一扫就进了
我肩上的布囊中。有时
收到被人践踏过的脚印
就微微一笑;而有的脚印
写着羞愧二字
毕竟令我有些脸红——不管怎么说
脚印上的泪痕和喜悦
都已风干。再往前走
你首次出现在我脚印里
啊,总算就要从我生命中消失了
我高兴地走过去捡起来

但那个脚印死死揳在石头中
怎么也揪不出来

——我变成了阴阳两界之间
飘荡的鬼魂

解脱

骏马放开了骑手,飞鸟放开了
蓝天,明月放开了彩云
落日放开了长河,诗歌放开了头疾
春风放开了瓜洲,魔鬼放开了
被购买的灵魂,长安放开了赶考的书生
江东放开了项羽
蛇矛放开了张飞,故国放开了李煜
蝴蝶放开了梁祝——

新年第一天,再次百无聊赖熬到凌晨
我在一个"新年关键词"的游戏中
抽到"解脱",注曰:过去不可记得
未来应当看破

手机

那个打着电话的女人,和谁说着说着
就把手机摔在了地上
她发狂似的对着摔成几瓣儿的手机
用力地跺
如同一只愤怒的母狮
令人怀疑随时会把路过的人撕咬一番
她忽然停下,捡起四分五裂的手机
安装起来,动作飞快
双手颤抖按下开机键
看来她找到了复仇的办法
但她很快对着手机愣住了
——很明显,手机坏了
这个漂亮的女人
慢慢用手捂住了脸,如同一只倒空的面袋
瘫倒在中国银行门前的人行道上

废钢铁

原谅我,最深情的年华
给了建筑工地的水泥和砂石
给了呼啸奔跑的电流。给了隐秘的双人床
弹性和韧性,恰好撑住日常的重量
给了房门后的草帽:哦,一枚钉子
挂着谁的青葱时光

原谅我,混迹尘世
在高尚与卑贱,清洁与肮脏
中沉沦:沉重的破驳,在污浊的河水中
摇晃喘息。少年的匕首,抵不住命运的咽喉
阳光也曾擦拭机翼,阳光啊,你在擦拭
也在磨损。……如今,我锈迹斑斑
抱残,守缺。最后残存的热情
被漫长的雨季吞噬
哦,这一段冰冷的铁
疲惫的金属:这中年之爱

半截钢钎

一柄铁锅,废弃自行车

缺损的发动机前盖

原谅我,我能给予的

只有这么多。亲爱的,我满怀愧疚

把剩余的全部给你,等你把我加热,熔化,浇铸

重新散发温润的光泽

情人节说再见

情

一滴,两滴,三滴
六年了,终于流到最后一滴

妹妹,原谅我
如果情是血,它多不过
我血管中奔腾的所有
如果情是水
它咸不过眼角的那一滴

妹妹,原谅我
就算我真的情深如海,也盛不满
你漏洞百出的爱情

人

人世于我,不过就是你我

如果我是那一撇

你的肩膀太柔弱，承受不住

爱情的重量

如果我是那一捺，你没有

足够的力量，压住火山的喷发

坍塌是无可避免的宿命

我们没有相依着站稳

只能散成

这苍凉人世的两根干木柴

节

是时候告别了

空气中的气息芬芳、甜腻

十万朵玫瑰在这一天整齐开放，十万只

百灵鸟在这一天开口歌唱。许多情感

在这一天醒来。许多梦想,终于抱紧
而我,满饮了时间的毒——

"有何胜利可言?坚持
意味着一切。"伟大的诗人和伟大
的疯子。那时候,我以为自己真能做到
妹妹,原谅我。我没有被火焰引领
却最终被悲伤吞没
是时候告别了。作为佐证
某句话开始流行——

2月14日是愚人节,而4月1日
是情人节。一句玩笑
道破了世界的真相:既然愚弄和欺骗
是爱情的应有之义,那么——

是时候告别了

说

你说——
我说——

我说
你说

你说，我说
我说，你说。你说，我说
我说你说你说我说我说你说
你说我说我说你说你说我说
说说说说说说说说说说说说

爱情的琵琶
承受不住你我指法如飞
"铮"的一声，全世界

寂然无声

再

再是一种姿态。迟疑不决
优柔寡断。三步一回头,一步
三回头。妹妹,**我有多愤怒,我的心**
就有多柔软
你一滴眼泪,就能
熄灭我熊熊怒火
你一招手,即使走出千里
我也会立刻回到你的身边
那时。等待是甜蜜的,思念
是甜蜜的。甚至,猜疑、妒忌和
屈辱也是甜蜜的
那时。我还很爱你

见

唉,我应该如何描述
那个闪光的日子,以及安住其中
的你。我记得这一天流逝的一分一秒
记得这天阳光明媚,记得春风造访过
我的小屋,记得你衣裙翩飞
巧笑倩兮。这一天,你所有的举止
反复在我的梦中重现。你所有说过的话
成为我生命中的语录
这一天,我勇敢地敲开了
一扇门。那时,我不知道我打开的
竟是潘多拉的匣子

人生若只如初见。那时候
我们曾有多少激动和向往

西厢记

一、你是爱我还是爱我写的诗还是爱写诗的我

在一起很多年
没写诗很多年
你总对我说
写一点吧,写一点吧
很久没看你的诗了
我总是笑一笑
有着中年男人的固执、警惕和害怕
诗歌,哦,诗歌它就像是
一个第三者

你真的是很年轻很年轻啊
不知道什么重要
什么不重要

二、你有那么听我的话吗

我说滚,你真的就滚了
留下我木立原地

你没有滚回来
像一只做了错事的小兽
用清澈而羞怯的眼神
偷偷地看着愤怒的我

三、我已经失去了你

你给我发信息说:
哥哥,你还是我的哥哥

有空多联系

四、我的忧伤和寂寞你永远不懂

我逃班给五个女人打电话

一个女人和我说了一个小时
中途挂断,又打了回来
第二个女人紧张地和我打着哈哈
两句话之后果断掐断
第三个女人懒洋洋的像是瞌睡着没醒
第四个女人挂断后回了一条信息
说正上课呢

最后一个电话,一整天没有任何回应
像是你已从人间消失

五、我的虚荣一如你的虚荣

她真的很漂亮很漂亮

我最后如此解释

正如你喜欢写诗的我
总是期望有很多很多的女人
为了我争风吃醋

而我只对你情有独钟

六、挡不住流年如水

我曾记得关于你的一切
什么时候说了什么话
什么时候做了什么事
什么时候
你离开又回来
我又一次想起来的时候
发现记忆仍然停在去年

这么长这么长的一段时间里
我的脑子是一片空白

七、暖

你对我的家乡如数家珍
你为我的家乡写下那么多伤感的文字
你在我的家乡交了那么多朋友

一想起，就暖一点
一想起，就疼一点

八、一个爱幻想的男人总是比你煽情

有一天你突然得到一个
意外的消息
急急匆匆翻山涉水

前来看我

你哭着说：哥哥
你起来看看我
我再也不惹你生气了

但我不理你
旷野里，野草青青

五年之约

十年。不,五年
在信中,我们约定了某种
秘密的联络方式。中间
我们有过一点小小的争执
我坚持十年,是为了表明
自己的忠诚经得住时间的冲刷
而你,却觉得那过于漫长。那时
你是多么迫不及待

五年之后,你对这个约定
感到茫然。对,茫然
一个你经常说到的词。对此
我很羡慕,一个生活在遗忘
和茫然中的人,应该有多么幸福

给妻子写一首诗

这么多年,我顶着一顶
诗人的帽子
为山川和河流写诗
为阳光和朝露写诗
歌唱拉板车的劳动者
赞美天真的小孩和美丽的少女
和别人的妻子诗歌唱和
却吝啬于用一个字写到你
亲爱的,请原谅我
今天我收敛起狂野的内心
把你所有的恩情一一想起
用我全部的肃穆和庄重
为你写上一首赞美诗

海浪

打过来了,蔚蓝而辽阔的大海
无边无际的忧伤。打过
来了,一重一重的海浪
打在玉带滩上,打在大东海沙滩上,打在
亚龙湾沙滩上。带来了贝壳、珊瑚和
海螺里大海轻轻的呜咽

我几乎要抓住它们!清凉的海水,热烈的
海水,它把大海的秘密
带到我面前。我确信,我几乎就要触摸到
它们在奔跑,呼叫,疾速而来
又被海浪疾速带回大海

——剩下沙滩上的我,任海风吹啊
海风吹啊
吹动我潦草的头发,以及凌乱的半生

天涯海角

天涯是一只鞋,海角
是另一只。走到这里,就走到了尽头
爱情的两条腿,再提不动
这沉重的命运。亲爱的,你且放我
……在三亚,在南海之滨,在
这人类的绝境之地,容我静静地听海鸟鸣叫
看海浪拍岸,任那海风吹拂
吹我苍凉的面孔,吹我身后的椰子树
(椰子椰子,它怀抱爱情的果实)
吹我曾经的誓言
容我慢慢回首来路
回首那多少怅然和心酸,痛苦和甜蜜
容我等这汹涌的大海,有一天把沉重的大地漂起
  把天涯漂成
一只船,把海角漂成另一只

车窗外的雨

车到万宁,雨下了起来
像是一支假装沉着的歌曲,七弯八拐
终于不可避免地转入了阴郁的主调。雨噼里啪啦地
拍打无边无际的香蕉林,拍打
一闪而过的绿化树
雨趴在车窗上,一点,两点
聚拢密密麻麻的一群
一万只蝌蚪,沿着一条一条斜线
无声地向后洄游。如同谁终于难抑的眼泪

车内沉寂下来,我们疲倦地
对望一眼。脸上的光线明灭
像是一声冗长的叹息

纸鸢

要有怎样不徐不疾的热情
和绵长坚韧的耐心
才能将青涩的爱情
抬高到尖叫和战栗的高度
让青梅和竹马穿过草地和煦的阳光
脸上露出淡淡的红晕。那时

鸟语，花香，春光正美
那纸鸢！它在升高，它还在升高
它高过了我们的想象，我们误以为
它能高过上帝的额头
渐被乱花迷眼
无心拿捏情感的分寸
把一线细细的呼吸当作赌注
对彼此的苦心视而不见

一别经年。多少年的风雨

在谁的手心翻飞如蝶。你我是否终于清楚地看见
那纸折的命运
是怎样在我们心痛的地方
一头
倒
栽
下
来

红旗大道

红旗大道像是一直通向遥远的天边……
天暗下来。车来,车往
肤浅、喧嚣、急功近利、欲望升腾
高大的夹竹桃把轻佻的灯光
细细过滤,细细密密的阴影
使人行道变得安谧、沉静
"夹竹桃,它开一种粉红的花……"
你的声音甜美得让我怜惜和感动
浮躁又安静的红旗大道,如同爱情的两面
看着你的背影我总是有些恍惚:我们
在这里走过了一生
我们在这里只走过了一瞬

虚掩之门

多么令人嫉妒——一脸倦容
两肩风霜
穿着可笑的衣裳
行止有点怪异
这个看上去如此普通的男人
轻易就打开了一扇
通往天堂的门:爱和温暖
忠诚和宽恕
在另一个更合乎逻辑的故事中
未知的石门面前
并没有什么幸运儿
不过是万水千山
不过是荆棘、疼痛、无眠
和一团微弱的火焰
甚至是铁锤、凿子
飞扬的粉尘
而我愿意相信的传说

则是——
所谓魔咒，只不过原本就是一道
虚掩之门：石门后面
亲爱的芝麻，眼噙泪花
一声一声的敲门声
重重地叩击着她的心脏

美人

美人在纸上居住。她隐约的容颜
被反复涂改
一笔淡眉，一笔细腰
一笔盈盈秋水
一笔红袖轻笼暗香
美人在历史中居住。她美丽的容颜被反复
涂改。一笔误国
一笔殃民
笔笔都是，红颜祸水

最初的美人，她居住在青石巷
纺纱、种菜
和我相亲相爱
最初的美人，某一天消失于
一团迷雾之中

荷花一直开到秋天

她有盛大的美丽

在风中摇曳,美得令人晕眩

美得嚣张跋扈,美得

轻而易举。在恍惚中

观花的人,错误地以为

那粉色的吻痕,能将时光凝固

荷花一直开到秋天

依旧风姿绰约,细心的旁观者

也没有发现,艳丽的花瓣上

布满时光细细的裂痕

"我想回到过去……"

她有了力不从心的感觉

爱情远没到颓败的时候

内心已郁结了这人间全部的苦

发愣

在听到一个笑话,咧嘴的一瞬
在杯觥交错的宴席间,在昏昏欲睡的会议中
在同学聚会,在爬山,在唱歌
在上楼梯,在买鞋子,在洗澡,在看电影
在等红灯,在打乒乓球,在微信上谈诗
在清晨刚刚醒过来
无论是干任何事的时候,我都有可能突然一愣

那是因为我又把你想了一遍

甜

临出门时,她突然塞给男人
一颗糖。"太甜了!"男人略带
抗拒的措辞,此时成为新年
最美妙的兆头和祝福
"无意识喝出的彩头
会有特别的灵验。"这想法尤其令她
满心欢喜。她拆开糖纸
把糖喂给男人:快二十年了
她难得有如此亲昵的举动

知己

第三天，我们开始无话不谈
"我们真是相见恨晚呢"，"我把你当成知己"
如此描述彼此的关系，令我们多少有点
不好意思：这速度未免太快了点
我继续说挫败的命运："这一生，一事无成
奋斗总是绕不过宿命。"
"是啊，命运……"你接着说，"孩子艺术气质的
　培养并非
无迹可寻，我打算把女儿……"我们饶有兴趣地
聊到深夜，假装我们并不孤单

爱人
——一个年轻朋友讲的故事

我用显摆的口吻，和你谈论那个

爱我的人：她有姣好的容颜和优雅的气质

有良好的家境，我再不用为钱

苦恼无策；对我体贴入微，胜过这世上任何一个

我和你一起分析那个男人，是不是真的爱你

由衷地祝你幸福，告诫你婚姻和金钱

总要有一样能让你倚借。我语气诚恳平静

就好像真的有这么一个女人爱我

就好像，我真的不再爱你

鼻塞

到清晨五点半,我越发清醒
远处隐约有鞭炮响
提醒我大年还有一个长长的尾巴
时间似乎真的很慢
而我发现自己开始需要
张嘴呼吸,像离开水的鱼
这真是难以置信,短短两个小时
我身体内部就出现了病理变化
并有了显著表现。就像你难以想象
在短短两天内,我就爱上了你
并且也有显著形态:一想到你
我就心跳加快,呼吸困难,眼神迷离

八戒辞

戒除吃肉，沉重的下坠
需要获得喘息；戒除熬夜，时针不疾不徐
你无法勒住太阳的马头；戒除说怪话
不要试图唤醒一个装睡的人；戒除抠脚丫
戒除从长癣的时光中提取证词；戒除
雪天去青莲寺看雪凇，此景太美，令人陶醉
戒除搭乘炊烟的梯子；戒除在天花板上
练习倒立行走，戒除虚幻的壁虎
戒除内心的火焰，戒除脆弱，戒除爱，戒除想你

鲜花

我找了一家叫"爱在盛开"的花店
网上找的,在你所在的皖北小城
我想象着你生日那天吃惊的样子
为了确认细节,我一度和卖花姑娘
在QQ上相谈甚欢
我最终没能给你送花是因为
不够爱你吗?有一次在QQ上看到
一直留着的卖花姑娘
我曾追问自己,我能接受的答案
是自己顾虑太多而行动太少
但我似乎也无法理直气壮
说自己是爱你的:不是因为这么多年
我没给你鲁莽的惊喜,而是因为
我已经把你生日时间给忘记了

雨夜

雨刮器轻轻摆动
高速公路两边的护栏,反射着淡淡荧光
迅速后退

我闭上眼睛,疲惫地把头靠在藤椅上
雨滴落在阳台的雨棚上,叮咚作响

冬天的夜里,你一个人离开
高速公路上的那团光晕清冷寂寥

第二辑／露天电影

仿佛我还是一个小孩

"你小时候啊,是蛮顽皮。"母亲说的是
我四五岁的时候,因为担水浇菜的她
没让我走在前面,故意三次滚进路边水田
弄湿了三身衣服。"那次拿竹枝狠狠地收拾了你。"
母亲微笑着,拉着我的手轻轻拍打
我也不好意思地笑着,挠了挠头
仿佛我真的还是一个小孩,刚刚认识自己的错误

高处

周末百无聊赖
一整天,我蒙头睡觉。耳边窸窣轻响
妻子在给拆洗过的窗帘
安装搭钩。窗外天色已暮。"一年过得好快。"
我嘟囔着说。"平平安安,自然就快了。"
妻子"啪"的一声,抖了一下窗帘
她手里动作不停,嘴里盘算着晚上
去超市采购哪些年货
"自己去,我不去!"我烦躁地用被子捂住了头
她微微一笑,继续说:"还要买一些糖果
还要给你女儿
买过年的衣服。"她跨坐在小梯子上
脑袋抵着天花板,像是一尊偏头的菩萨

露天电影

那时候每次放电影

她都要一改起早贪黑的习惯

早早从地里回来,甚至丢下做到一半的活

吃过饭,往往还要奢侈地

炒上几把挑剩下的烂豆子

这个时候,她是温和慈爱的

想想吧,我们一边看着露天电影

一边从衣兜里掏出豆子吃

生活的惊喜和幸福莫过于此

她如此爱看电影,不但本村的一场不落下

邻村六七里崎岖的山路

也不曾难住过她。一场《自古英雄出少年》

我们看了五六遍,当一个凶险的场景出现

我便骄傲地和边上的人

预告:"铁彪马上就来救他们了!"

屏幕光影变幻,她的眼睛发着亮光

现在她缩在沙发上,宽大的电视荧幕上的老电影
唤起了她的一些记忆
但她很快就打起了瞌睡,只在声音变化激烈处
突然惊醒——哦,怎么可以用"惊醒"?
她那么迟缓地抬了抬眼皮
歉意地对我笑一笑。唉,我的母亲
如今眼神是这样混浊

冬阳

天地有凛冽北风,也有温热冬阳

下午四点,翠微广场热闹异常
踩滑板车的小孩,快步走的锻炼者
举着"首付三万"牌子的男青年
脸和耳朵都被风吹得通红
广场背风向阳的台阶上
坐了一排神态安详的老人
微笑着听其中两人拉着的二胡曲
往前面一点,一个男子在打太极
他"啪"的一声,抖开了扇子
旁边的小树林,城管正在给每棵树
挂上灯笼:春节就要到了
一个女人从我面前经过
她走得平缓而沉静,试图掩饰略不方便的右腿
但我还是觉察到了——

她的步伐在冬阳下有着别样的美

和尚

表哥贱生很多年前
去江浙一带做了假和尚

过年回来,带老婆孩子
来我家拜年。吃肉,喝酒,吹嘘自己
怎么从寺庙里,弄出钱来
拍得腰包啪啪响,听到荤故事
咯咯地笑

呵斥正在上学的儿子
光头愤怒得锃亮

舅舅生病那次,遇上表哥
多年不见,我高兴地要和他
喝上几杯。他慌忙挡住:"阿弥陀佛
阿弥陀佛。"儿女均已长大出息
表哥如今慈眉善目,斋戒多年

春日（其一）

阳光正好的时候，我夹了书
端着茶，慢慢走到
竹林边的凉亭。风暖暖地吹
一只白色的蝴蝶，在竹林中还来不及
转青的茅草间呼扇呼扇地飞
整个下午，我发呆，沉思。"春日美好而缓慢。"
我给你发信息说，"此地甚好，可以终老。"

春日（其二）

春天让万物柔软

它们在距我一两米的地方
慵懒地梳理羽毛，偶尔侧过头
好奇地打量我一眼
有时，其中的一只
飞到旁边的竹枝上，身躯沉重
有着孕妇般笨拙的美

啊，春日之美，在于
几只在草地上觅食的鸟，敢于像怀孕的女人一样
蛮横地要求这个世界的善意

老师

吃饭的时候我问他出去没有
"到梅江公园了,有拉二胡的,跳舞的,下棋的。"
他说,"热闹。"我知道热闹是别人的
这个陌生的城市,他坐在树底下,神情落寞
"老师,你要活到一百岁哈。"很多年了
我说严肃话题时叫他爸爸
开玩笑时叫他老师
"等我退休了
两个老头天天去梅江公园下棋。"
"好呀!"他哈哈笑了起来,仿佛他已经
活到了一百岁

陪父母去翠微峰

几年前来过一次的母亲
有点得意地拉了父亲的手
带他去看金精洞里的"金线吊葫芦"
走了一小半台阶,父亲停住了
"这路吓人。"他说

翠微峰离我住处不过七八里
父亲居然一次也没有去过
这么些年,我徒劳、疲惫、愤懑、暴戾
对人世充满厌倦,坏脾气没完没了
很多事都忘记面对:

他们,一个七十三岁,一个六十六岁
疾病缠身,步履蹒跚
已经无法下到并不险峻的金精洞
已经到了,贪恋尘世的年龄

月光

似乎是轻微的,平顺的,如深夜里的小河
作为父亲,能辨认出细微的燥热

两个月前,开始要求妈妈陪睡
十几年前那样弓着身子,抵在拒绝和远离已久的怀里

高考前十天,血脉之药也失去效力
凌晨一点半,她细细的呼吸声,聚集着轻微的颤抖

我坐在床头,握住她的手,轻轻拍着她
但拍不到流水中越来越巨大的恐惧

清凉的月光从窗户洒进来
月光,请照亮女儿,恬静的睡眠;请把涟漪,还给河流

看戏

我出现在这里显得突兀:
条凳上都是同样苍白的头颅。就如鲜亮的街道背面
居然隐藏着一个杂乱的城中村
同样令人讶异。戏台上,遭人陷害的书生
做了巡按,得报大仇,迎回双亲
——烂俗的剧情
令他们满意地松了口气
无须低头,我就能感觉到并且准确地抓起
母亲递过来的瓜子:这和三十多年前几乎一模一样

如果我变小,如果两颗苍白的头颅
变得乌黑

六月七日黄昏的教四楼

如将眠者的意识，光影渐渐模糊暗淡
一张发黄的旧照片
一部电影的尾声。七八个学生
倚着栏杆，像是出现在梦境
这是个奇怪的时刻：天色昏暗而
灯光尚未开启
如同六月七日这个奇异的日子
恍惚又真实。黄昏加重了
栏杆边学生的茫然：失重的感受正在形成
但现在并非最后的时刻
他们撒下少许撕碎的课本纸屑
教四楼如一个即将崩塌的水库
水流的涌动急切又怅惘

慌张

接我一个电话,就和我妈走散了
他语气慌张,头上一层密密的汗
"你妈现在很糊涂!"看我不以为然
他的不安中冒着火星。他的愤怒和恐慌
吓到了我:眼前这个老头
这一生自负、暴戾、苛刻
爱蹦跶却一事无成,他把所有的不如意
都怪罪于母亲,"不讲理,总打你妈"
和从前并无两样,他把母亲走散的责任
记在母亲和我头上。这个从来都没有错过的人
在人群中慌慌张张地转来转去
他已老朽,对母亲和自己都毫无信心
不大的一个广场,便让他感到害怕

晒场上的父亲

那时对他仅是痛恨，我年龄还小
尚没学会鄙视他的无能
朴素的情感来自惊恐，以及与母亲
同仇敌忾的自觉。这个暴戾的男人
手上的重量印证着内心的歇斯底里
他揪着母亲的头发，一直把她拖到门口的水塘里
有时也拿起一只钵子，将自己砸得满头是血
——是的，他殴打母亲，也不放过自己
很多次，他声称要一死了之
好像他才是受尽委屈的人，这荒唐的逻辑
我们怎么也想不透。渐渐地我发现
这个狂暴的男人除了让那间
破旧房屋乌云密布，并无真正的力量
他田里的庄稼是全村种得最差的
他当了多年民办教师却一直无法转正
他怀揣两元钱去办年货，在街上转了一上午又空着
　手回来

他满嘴跑火车让村人轰然嘲笑

他把所有的

不顺心怪罪于母亲

有时我们怀疑他脑子已经坏掉

不然他许多行为就难以解释

我们两兄弟考上大学那年,学费一分无着

他却兴冲冲地请来电影队给村人放电影

并在电影广播里"说两句"

我站在晒场的最后面

听着他不着调的大话,心里既鄙夷又羞耻

我飞快地离开了放电影的晒场

夏空里星星点点,光芒暗淡而执拗

可笑!丢人!我这样想着,泪水漫出了眼眶

冬瓜

"摘个冬瓜回去吃。"奶奶的冬瓜
就种在屋角的草丛里,叶子黄黄的像是快老死
七八只大小冬瓜散落草丛中

"奶奶你还能种菜呀?"我抱着冬瓜恭维她
"你们都不在家呢,不然每人抱一个去都够。"
奶奶扶着墙壁,核桃般的脸舒展着

奶奶糊涂得算不清数了
她儿孙辈几十人,如果都在家,肯定不够分

这是奶奶去世那年的事了

亲人

妻子说：你妈是个除了儿子之外
谁都不要的人，这句话是说
母亲对其他亲人都很冷淡
母亲很小的时候，外公外婆就离了婚
又各自重新成家，把母亲抱养给别人
这复杂的关系使得母亲有三对父母
十几个兄弟姐妹，对于这个童年
承受了巨大委屈的亲人
他们都表现出了特别的关爱
但母亲极少回应，这令人难解
后来我想她冷漠的原因
可能是她儿子也很多，即使把所有的爱
都给他们，她也觉得不够分
她没有多余的爱给其他的亲人

寺庙

一碗能照见人影的稀饭下肚
大人们开始讲鬼故事
我们惊恐地围在灶台前
全身簌簌发抖,一阵风吹过
煤油灯摇晃几下,我们惊叫起来
紧紧抱住母亲的腿
我猜母亲也是害怕的
因为她很快就讲到了寺庙
在走投无路的荒野上
总会出现孤零零的一间破房子
无论多么凶恶的鬼怪
都对它毫无办法

彩虹

我无数次追过彩虹
在贫乏的小时候,这是唯一令人
惊喜的东西。它有时候
出现在遥远的天边
有时候,很仁慈地把一头
架在不远处小溪边
但是每一次等我们跑近
它便不见了。只有一次
我几乎就要把它抓住
等我失望地走开,回头一看
彩虹令人惊讶地搭在
我刚才站立的屋角边
我家的小狗摇晃着从门口跑过
浑身弥漫着七彩的光辉

雨夜

暴雨后的街道湿漉漉的
晚风吹过,已然带些凉意
我们打着伞,慢慢走在凌云大道上
去医院看望刚生完孩子的亲戚

"女儿刚出生时,也只有五斤。"
我想起她刚出生时难看的样子
不由得笑了起来。街道上光影恍惚迷离
路边新植的小叶樟,一个夏天就长高了许多
"真快呀,就要上大学了。"
你的声音有欣慰和幽微的茫然

街道上人影稀少,细细的雨丝
从雨伞四周洒下,你紧紧挽住我的胳膊
凌云大道是寂寥的

我的爱,有点疼

女儿抗议说,以后不能再拧她
"我都是大人了!"高中毕业后
她的尊严和意识也迅速长大

从婴孩时期开始,我无边的喜悦
不通过她脸庞或胳膊的轻疼
似乎无以宣泄

坏毛病遗传自我的父母
但我和他们几乎都已经忘记
有很多年了,我再没有感受到那

甜蜜的痛——肯定是某一天
我有着和女儿一样的愤怒
他们蠢蠢欲动的手,从此尴尬地收了回去

如今他们只会用混浊的目光
贪婪地看着我,似乎要从目光中
长出一只手来,狠狠地拧我一下

大海

我在五米之外,清楚地看见
她脸上巨大的惊恐:她一不小心后仰
就倒在了水里,挣扎着把头伸出水面
只一瞬,来不及喊,又没入水中
我迅速把她抱起,她紧紧搂住我的脖子
剧烈地咳嗽,半天不肯下来
不停地说:"爸爸,我知道你能看见。"
我抱着她,心里甜蜜又忧伤
这片浅滩,水深只到她十七岁的腰部
这个暑假过后,她就要远离我
大海如此浩大,我还没完全准备好

在社保大厅

在社保大厅,他们
相互埋怨,急于推卸责任

忘带身份证
回去拿也就十几分钟的事

如果我不在场
父母不会这么急赤白脸

他们会一起慢慢走回去
再慢慢走回来

小时候,我和弟弟
为一个很小的过错拼命指责对方

仿佛时光是错乱的:这些年来我暴戾急躁

把坏脾气全给了亲人，一如父亲当年

我也有同样疲于奔命
和无能为力的一生

夏 日

晌午寂静,如荒岛
"啪"的一声,一只枣子被鸟啄落地上

阳光发白。母亲提着木桶
从池塘边回来

石门颂

一整天，我在房间里发呆
一本闲书，看了几行，丢在一边
中午谢绝同学的饭局
对于所谓的人脉和机会，我变得愈加倦怠
傍晚慢慢步行到父母处聊天
父亲听戏剧的时候，跟着听
在转折幽微之处，用手轻轻拍打膝盖
——近来行为令父母略有奇怪：
这么多年我总是一副急吼吼
鸡飞狗跳的模样。晚上，女儿在写字
我挨前看了一会，对欧体的森严法度
心存畏惧：过了四十岁，陡峭的光阴
变得平缓。在书架上翻出《石门颂》
不拿笔，用手指对着轻轻比画
一笔比一笔黏涩，一笔比一笔缓慢

夜火车

赖在我的铺位上不肯去睡
你说:"哎呀,中铺空间好小啦!"
"这么早去睡,我很早就会醒的。"

我们不再说话。我坐在床头
你躺着,把两只脚搁在我怀里
仿佛你还小的时候。窗外偶有灯火
一闪而过,大地轻轻地颤抖着

返程

旁边铺位是一对母子
小孩三四岁,怎么劝也不肯睡
母亲看起来极疲惫,很快发出了轻轻的鼾声
小孩开始扯母亲头发、眉毛,又抠鼻子
母亲突地翻身起来,啪地给了一巴掌

火车一路向南,我沿着来路返回
——啊,原谅我这荒唐的幻觉
如果这火车真的能往来的路上开
它会一直开到你的小时候

那时,我不再沉迷虚妄的前程
不再匆忙、疲惫、暴躁,不再把你撇在
一年级冬天里空无一人的校门口大哭
你想去梅江公园玩秋千时,不再烦躁地叫你走开

有一天你考了个很差的分数回来
我满怀恼怒，抬头碰上你怯怯的眼神
突然又转怒为喜

秋日

窗外发出了兴奋的尖叫
这庸常的生活,她们为什么过得
如此有滋有味?两元一子的麻将
就能带来无穷的懊悔和
惊喜——跌宕的起伏,细微的
波澜,摸到上帝钥匙的
未必是谁:怜悯者总被默默怜悯

与妻书

一

第一时间扭转头来看我
你一定感觉
自己犯了弥天大错：两家抢杠
六十元。你看我的目光
永远无法忘记。二〇〇六年，我而立了
贷款买了一个顶层，你一把输了
我们一个星期的生活费

二

小心看着我的脸色
突然一下没忍住哭出声来
"那么多人，就我一个！就我一个！"
你付出了数倍于报酬的努力，但还是失去了
这个月工资三百五十元的工作

三

心慌的毛病又犯了,"一直悬着
感觉落不下来"。你为找不到原因的
疾病而不好意思

四

背着学校,偷偷地补课
对我夸大自己的收入
多说五十一百,就极大地提高了
成就感。收到补课费
你很高兴地请我吃盖浇饭

五

听闻你有些作了。"她很以你为

荣,你是她的骄傲",转告者很含蓄
这多可笑啊,太可笑了
但是,我不忍心阻止你

六

还是说麻将吧。此生无所好
除了爱麻将,两元一个子
十年不曾变。你时常抱歉
打扰了我。是的,我讨厌麻将
讨厌这无聊的生活方式
但是,我愿意在读书的下午
听你欢喜或懊恼的惊叫
看并不温暖的冬阳轻轻洒在你身上

一九七八年的雪花

一九七八年,冬月,雪天
温后清,四个儿子的父亲
村里的民办老师
在门口劈柴。他劈得不好
笨拙,吃力。村里廖支书
和几个村干部远远路过
温后清殷勤地用衣袖把长凳上的积雪
仔细擦去,连声招呼:书记坐坐。
书记乜斜一眼,并不吱声
温后清恼羞成怒
嘟哝了一句。廖支书微微一笑
说:"我就要秤砣样。"

活该哪!母亲和我说起这事时
也是微笑着。温后清
我的父亲,白沙村的笑料
脸上讪讪的,他似乎也认可了

母亲的嘲讽。而我却突然

要落下泪来：这么多年被生活和尊严

反复撕扯，我身体里一直生长着

父亲失败的基因。一九七八年的雪花

扑面而来

赌

从村里小学退休后,他有了大把的时间
常去瘸腿洪军家消磨
——那是方圆几里有名的赌博窝点
但他还是那么"抠搜",是的,他只看不赌
把口袋里的钱,守得紧紧的
正月间的赌局尤其刺激
隔一个小时,他便要回家转一转
向我们通报赌局的最新进展
谁把去年打工的钱全部输了
更多的时候则很兴奋地告诉我们
谁一把赢走了七八万
他吧唧着嘴,眼睛里发出亮亮的光
我猜他骨子里是好赌的
外公在世时,很多次说起他年轻时
是个胆大的投机倒把分子
"后来什么都没收了,还差点坐牢,就老实了。"
我想对于这个不安分的人来说

也许真正的原因是有了我们四兄弟

有了四张追着喊饿的嘴巴

他已经没有赌博的资本和勇气

此后几十年，命运的赌局中，他选择了旁观

带着心中的遗憾，为别人的失误捶胸拍腿

为别人的发达摩拳擦掌

慢下来的河

往前半尺
是十九世纪某个冬天温暖的阳光
往后半尺
是瓦楞上枯草瑟瑟的
房檐阴影下的爷爷
八十七岁的爷爷
静静地坐在一条长条木凳上
他对这个喧嚣的世界已经失聪
任凭我大喊大叫
只是表情空洞地
微微一笑
他行动迟缓
不急不躁
有的是一大把的时间
他不像我
是一条生活在车水马龙急流中的鱼

他是一条慢下来了的河

抱

多年难以改变的一个习惯

女儿在旁边时，下意识地伸手去抱

长大了的女儿一脸嫌弃地躲避

而我总是恍惚：二〇〇五年的某一天

忙碌了一整天的我

在上司呵斥中两手低垂

不敢记起暮色已然四合

直到陌生电话将我惊醒

夜幕下，六岁的女儿孤零零地

在校门口哭泣："不认得回家的路。"

感谢附小门口文具店的老板

无数个等待的傍晚

陌生老板给了女儿些许心安

感谢经过的行人和车辆

感谢无事生非、打架斗殴的辍学少年

感谢四处流窜的人贩子

感谢他们怜悯一个焦头烂额的父亲

让他到如今仍有机会伸出手来
抱住二〇〇五年那个恐惧中的女儿

第三辑 / 蚂蚁蚂蚁

树影

雪花中似乎还夹杂着雨点
吴秘书有些着急
他甚至怀疑,在自己不经意
低头之间,就已经失之交臂
他再次朝三楼窗口望去
窗帘依然半死不活地
耷拉着,透着暧昧的灯光
并无蛛迹可寻
楼梯口不时有人进出
吴秘书一次次地闪到树干后面
紧张观察,又一次次失望
而后又轻松地吁了口气
远远近近不时响起鞭炮声
小年夜,该好好过年了
吴秘书轻轻跺了跺
冻得发麻的脚
攥着信封的手却有点

发热发潮:三楼的主人怎么
还不回来?
一团美丽的烟花
腾空而起,欢乐地啸叫
树影底下吴秘书的脸
被映得明明灭灭,斑驳陆离

求见

"排队等!"体形庞大的工程老板
不得不压抑着恼怒,如一台
找不到工地的推土机
在略显窄小的办公室
烦躁地打着转。吴秘书
并不为所动:等待接见的
还有好几个人。当然,他本可以
像以往那样,推开某扇神秘的门
低声通报一声。吴秘书一向不曾怠慢
这个手眼通天的红顶商人
甚至偶尔幻想
垄断了小城工程项目的推土机
因为优先通行的特权
而从肥硕的链条间漏下一点泥沙
但骄妄的推土机对吴秘书
讨好的笑脸和过分的殷勤
一直视而不见,他甚至不曾想到

应该丢下一支烟,又怎么可能理会
吴秘书做小包工头的二哥
失望的眼神。……推土机更加焦躁地
转来转去,像要突突突地冒出黑烟
吴秘书不动声色,决计要把办公桌
变成一块不大不小的石头
冒着被碾轧的危险,他还是打算
硌它一下

老女人

失去儿子的老女人
力气大得惊人。吴秘书强压怒火
网络发达,言辞和动作
都要异常谨慎。如何把上访者
阻拦在领导办公区域之外
这显然是吴秘书他们所不擅长的
技术活。三个秘书结成的人墙
一再溃退,眼见就要
退入那条黄线划开的区域
吴秘书仿佛看到主任脸上的
愠色,觉得自己的理智就要崩溃
他几乎无法控制住
蠢蠢欲动的拳头:老不死的,如果
某一天她在来的路上
被车撞死,那就好了
吴秘书满怀愤恨
他再也不会想起刚当秘书时

曾接待过这个老女人
那时，他为她的遭遇
流下了眼泪

早点铺

有那么一瞬，吴秘书
有了运筹帷幄的感觉
"大约明天十点半到
级别不算太高，只是个副部级。"
他尽量轻描淡写
举重若轻，瘦弱的身躯暗藏雄兵
"不管怎么说还是要认真对待
材料数据要经得起推敲。"
吴秘书挂了手机，昂然走出早点铺
左边的头发难得驯服地
一路流到右边脑门，恰到好处地
遮住了头部中间的荒芜部分
一向略前倾的身体板得笔直
将那些复杂目光轻松地抖落
在早点铺内。……几声为特定群组
而设置的铃声急促响起，吴秘书手忙脚乱
掏出手机，神情恭谦地拿到耳边

一边受惊似的小跑起来

如同这十几年来

人生总是偏离设想中的轨道

几绺头发被风吹移头顶

掀起又垂下,不时遮挡住

吴秘书左耳上那颗硕大的痣

兴宁大道

走过兴宁大道,吴秘书感觉
有些亲切。作为小城的
标志性工程,它是本届班子
最为重要的政绩
今后三十年,小城将沿着兴宁大道
膨胀到附近两个乡镇
青史留名的大事,吴秘书有幸
参与:在大道命名讨论会上
吴秘书富于文化底蕴的建议
得到了认可
书记甚至还多看了他一眼
吴秘书强自镇静微微发抖的身躯
身体的毛孔感觉到
身旁张秘书、刘秘书、李秘书
沮丧而嫉妒的呼吸
"兴宁大道,兴宁大道!"吴秘书心里默念
这个名字,脸色潮红
加快了脚下的步伐

长衫

相比于夜宵摊和早点铺
吴秘书更希望能拥有一个大点的
服装店。但老婆的规划里
需要的是一个偶尔能帮忙的
打杂伙计,而不是一个
衣冠楚楚的老板。是的,吴秘书只能排出
九文大钱,小投资和低风险
才是正确选择。同样,否决老婆的提议
也是吴秘书唯一的选项:县委办是一件长衫
副科级是另一件。如果来到
咸亨酒店,也许自己是坐着喝酒的
一员?吴秘书相信将来值得期待
不过对于眼前急需解决的老婆就业和
经济窘迫问题,除了抱怨和生气
并没有可行的办法。他有点怀念还是
小学教师的时候,开摩的
卖文具。那时,他的选择并不困难

副科级

你不懂的。也许是因为酒的
原因,吴秘书眉宇开始
活络过来,闪着细细的光泽
虽然同样是副科级,但里面讲究
很大:享受待遇与实职之间有差别
局室与局室之间、乡镇与乡镇之间
也有差别。人大副主席
不如副乡镇长,副乡镇长不如党委委员
党委委员中以纪检书记
排位靠前;纪检书记提拔为乡镇副书记
算是仕途中上升了重要的台阶
吴秘书有些腼腆和兴奋:县委办的
副主任科员虽是非领导职务
但地位特殊,视为实职也不为过。具体而言
吴秘书字斟句酌:大约处于乡镇党委委员和
纪检书记之间的那小半级中
他的同学,小生意人李文明
脑袋耷拉在沙发上,发出了轻轻的鼾声

征地

指挥部设立在制高点的小山头
居高临下的感觉
让吴秘书有点晕眩。当一道道指令
经自己的手机传达下去
对峙的队伍开始骚动
守护在田头的村民
被一块块分割、包围。几十辆挖掘机、推土机
同时轰鸣,一片片花生、红薯、水稻
被撕开,翻覆。有人在大声咒骂
有人挥舞锄头;有人突然挣脱包围
躺到了机器前面
不断传来的受伤消息让人忧虑
敢啃硬骨!敢担风险!总指挥坚决的态度
感染了吴秘书:发展需要牺牲
前进路上的拦路虎必须清除
七八个特别顽劣的刁民
被身穿迷彩服的工作人员

架起来，丢上了警车

"抓掉！抓掉！"吴秘书确信自己

传达的指令是正义的

一直以来矛盾和分裂的人格

几乎就要痊愈——如果在下山后

他没有看到一个挂着拐杖的老太太

一边翻捡被埋到土里

半成熟的花生，一边流着眼泪

午夜

进门的时候,吴秘书没有

开灯,只是用手机微弱的

灯光找了一下拖鞋

蹑手蹑脚推开一扇房门

在床头坐下。女儿恬静的睡容

渐渐在黑暗中显现

初二女学生在梦中皱了皱眉头

咕哝了一声

她已有了初蕾般的心思

吴秘书有些恍惚,昨天还只是

一个小丫头:她在草丛里打滚

她在秋千上尖叫,她要骑在他肩膀上

才肯回家……"爸爸,我觉得好久

没看到你了。"

她几乎不在他面前流露情感

白天的电话

听起来如此荒诞

这个每天都回家的男人

揉了揉发酸的身体：他疲倦不堪

却不想去睡

街灯

还是偷偷跟了下来
趁吴秘书等待的当儿
羞怯地,不安地
慢慢跟了过来。远远地
就朝那辆驶过来的车
谄媚地笑。异乡的灯火
轻轻洒在他们身上
悄无声息。上一次顺道看望
是什么时候?街灯昏暗得
让吴秘书有些恍惚
一连串鸣笛让他们慌成一团
"快走吧!快走吧!"却没忘记
加上一句,"到了家打个电话。"
"那得几点了!"吴秘书几乎
要习惯性地凶他们一句
说出口却是难以置信的
温软:"你们,早点睡吧!"

街灯下父母瘦小身影出现在后视镜中
吴秘书脸沉如水
他还是不够成熟，还需要一些时间
才能恢复忠诚的笑容

饭局

重新核实了一遍,吴秘书有点愣
自己的座位上居然有人
上首还有空位,但那属于迟到的
李副主任,吴秘书自然不敢
像何秘书那样造次——虽然都
尚无级别,可何秘书的资历
较浅,所服务的领导排位亦靠后
占据吴秘书的座位未免
不讲规矩。"摆正位子",何秘书显然忘了
主任常说的这句话,对吴秘书阴沉的脸色
视而不见。令人窝心的是主任自己
似乎也忘了,碰杯的时候
并没有如吴秘书
所期望那样,跳过何秘书,把乱了的秩序
不动声色地
扭转过来。这会不会成为
某种信号?今天的酒菜是那样寡淡无味

呼噜

如往常一样，后座很快响起了
断断续续的呼噜声：吴秘书心还在
嗵嗵嗵地直跳，而捕食者已经再次进入了
昏睡。他想自己见证了一次漂亮的
猎杀：一只常年迷糊的鬣狗
展现了完美的捕杀能力——
结果的预判、时机的捕捉、出击的力度
合纵连横的手段，都精准得让吴秘书惊叹
是的，生活给吴秘书上了
精彩的一课。那呼噜声还像一年多来
那般憨直粗俗和没心没肺，却让吴秘书
后背发凉：后座上的人随时都会
在合适的时候准确地醒过来
他想起自己曾经隐秘的轻慢
——多愚蠢哪，在最初接触的某段时间
后座者浅陋的见识和如雷的呼噜声
曾让他大失所望，心中生出"造化弄人"的感叹

指环

祭拜结束，婶婶们开始取下
二婆身上的首饰，手镯、耳环都很顺利
只在撸指环时遇上了困难
冰凉的指关节死死卡住伴了半生之物
打点肥皂水？主持仪式的崔道士
阻止了这个提议："总该有些东西要让她带走。"

大地上，生命卑微。但
即便是一株鸡爪草被拔离
也总要给大地留下一个指环状的空洞

来不及了

来不及了!我心里疼了起来
列车开始加快速度,带着越来越急促的呼啸声
四十岁,一切都来不及了
——就算我大器晚成,也到了时候啦

楼顶的脚步声

渐渐清晰。我终于确认
它不是来自梦境,而是
来自头上的楼顶:一双高跟鞋
嗒嗒嗒地从西边过来
到了东边的楼梯口处
又折了回来,再折回去,如是几次
脚步越来越沉,越来越迟疑
终于在我头顶靠北一点
停了下来。已是凌晨两点多
头顶上这双高跟鞋,它到底是谁
一个心事重重的厌世者最后看一眼
这个尘世?一个内心纠结的偷情者
打算借道楼顶进入另一个单元
还是上面干脆什么都没有
只是一双令人惊悚的鞋子在舞蹈

它停了下来,我紧张地屏住了呼吸

乡音

有一年过年时堂兄小荣回到了白沙村
大学毕业后
他已经十几年没回来过
那天我在老厅下的大门旁看到
高兴地问他什么时候回来的
他嘴巴翕动着,脸涨得通红
已经忘记了"昨天"一词
用白沙村的方言怎么说了
——家族老人说,十几年来,小荣
从不主动和家里联系
打电话找他,也说一口"官话"
这个被认为是"忘了本"的人
那一脸艰难的表情让我难以忘怀
我不曾了解过他这十几年的生活
也不知道他为什么就能忘了
白沙村的方言

大桥下

大桥下一对中年男女
在相互扇着耳光。他们不说话
不躲闪，不捡被打飞的眼镜
不擦鼻孔和嘴角流出的血
只听见撞击声清脆、匀称

他们一人扇一下的节奏
像是一个游戏
十八岁的脑瘫儿子
坐在一边的石头上，高兴地冲着他们
呵呵地笑

堂妹

"哥哥,你知道吗?我把每一天
都当成最后一天来过。"我漂亮的堂妹
父亲早逝,十三岁独自坐火车
去广州打工,十七岁嫁人,十八岁生孩子
三十一岁离婚;流言不断的同时
和暴戾前夫瓜葛不清
大年初一,面对我的批评,微笑着
如是说。她小学都不曾读完
如此沉痛豁达的话,我自忖说不出来
比我欠缺的学历,生活一定以
不容拒绝的方式,加倍地补给了她

大伯

老年痴呆,不认得人的。妻子低声描述
又戏谑地问他:"知道我是谁吗?"
她的大伯,茫然地看着我们,只是一副讨好的笑容
"家里坐呀!"他拖着一条残疾的腿
一哆嗦一哆嗦地把我们往家里拉

此时阳光正好
薄薄地盖在昔日地主家的狗崽子身上

蚂蚁（其一）

深夜十二点，它们出现在沙发上

跌跌撞撞地赶路，偶尔用触须

向旁边的同伴打听一下

消息一定越来越坏

它们几乎奔跑起来

细细的腰身盛满恐惧

这些慌慌张张的蚂蚁，住在七层的高楼

也许已有几代

仍然被雷雨的消息吓破了胆

鱼

从家里到村小学

要沿一条小溪走一段

有一天,放学回家

看到一条鱼在沙滩上蹦跳

这条小溪,源头是村里的水库

经常有这样的情形,我们蹚着齐膝的水来往学校

走着走着,水就落了下来

只漫过脚背,再过一小会儿

水就干了。这条鱼肯定没想到

它沿着看起来很深的水游出了水库

突然之间,就无路可走了

歆歆

二〇〇〇年的时候,歆歆坐在门口的椅子上
握着拳头捅在嘴里,对着我呵呵地笑
二〇〇五年的时候,歆歆坐在门口的椅子上
握着拳头捅在嘴里,对着我呵呵地笑
二〇一〇年的时候,歆歆坐在门口的椅子上
握着拳头捅在嘴里,对着我呵呵地笑
二〇一五年的时候,歆歆坐在门口的椅子上
握着拳头捅在嘴里,对着我呵呵地笑

歆歆,大哥的儿子
出生时脐带绕颈,大脑严重受损
运动和语言能力缺失
智力一直停留在婴幼儿阶段

歆歆,你不肯长大,但时光并没因此
怜悯你的父母,他们正在老去

肩周炎

这一生低眉俯首已久
内心的星空在萎缩、粘连和坏死
面对这扯淡的生活,许多可能已经丧失
"从右臂侧后方触摸世界的姿势怪异得
类同挑衅,一些功能的意义在于放弃。"
我准备了一万份辩解词,几乎就说服了自己
如果不是深夜里的疼痛直达灵魂

蚂蚁(其二)

阳台地板上一队蚂蚁

茫然地转来转去。它们几乎拥有

巨大的成功,和甜蜜的生活

突然不知所踪:女儿吃西瓜不小心

滴落的瓜汁,被妻子用一把

湿淋淋的拖把擦干净。一些蚂蚁命丧这

飞来横祸,侥幸活下的

拖着残躯惊慌无措,而更多的蚂蚁

还在匆匆赶来——有很久了

它们四处辛苦奔波,终于有了一个振奋的消息

它们在空荡荡的现场不甘心地打转

触须慌乱地碰来碰去

对这令人抓狂的命运不敢置信

溺水

一个青年在梅江河游泳时溺水身亡
尸体次日中午从河湾中捞出
他的父母"天哪天哪"地哭喊着
手忙脚乱地给他按胸、做人工呼吸
"身体还是软的,还是软的啊!"半个小时了
他们不停地重复这句话,似是求证,也似是祈祷
没有人上前劝阻他们。太阳无声地照着
他们花白的头颅,像是上天的一只独眼

营底婆婆

吃饭的时候,营底婆婆从老木靠椅上起身
到厨房酒壶里倒一碗酒,端到八仙桌上首
如果媳妇忘记温酒,营底婆婆会很生气

儿子儿媳说,妈你别坐着了,你吃饭
营底婆婆说,你们吃,我等你爸爸回来

老年痴呆的营底婆婆是幸福的
她只记得她家老头田里干活去了
她还记得老头干活回来,都要喝一碗她酿的米酒

夜哭

一个激灵,就清醒了
他汗毛倒竖,屏住呼吸:声音断续
忽远忽近——空旷的环境令鬼哭的
声音更加莫测。学校东侧乱葬岗凶猛的传说
还有本地老师凝重惊惧的脸
快速闪过。用脚踢踢刘峰
发现他早已醒来。压抑的哭泣
已到了窗外,黑影幢幢
作势欲扑。……"是老李!"
刘峰突然恼怒跳起,踢开隔壁的门
李向阳用被子蒙着头,抽抽噎噎正伤心:
"我也不知道为什么要哭
我要知道,就不哭了。"

黄师傅

来接我们的时候多了两个人：他的妻子和儿子
虽然只有三小时车程
他也多次往返于此地
但没有可能奢侈到单独带妻儿
来这个著名的地方一游
他不想错过这次并不算好的机会
甚至没和我们商量——
也许他猜想客人不会同意
"有点挤……"黄师傅搓着手
小心地看我们的脸色，他可能真是后悔了
让人感觉马上就要痛下决心
减免几十块车费，又似乎打算为价钱
和我们吵上一架："减五十元，决不能
再多了。"我听到这个骄傲的
出租车司机内心在说话

浓雾

过了丫山,车慢了下来
我感觉四周漂浮着,晃动着
——一片混浊的、乳白色的汪洋
"五米都看不到!"司机嘟囔着

我摇下车窗,伸手抓了一把
五个手指凉凉的——这么多年来
被遮蔽的感觉明明白白
却始终无法指认,诡谲命运的始作俑者

上访者

再次号啕大哭,几乎每次都这样
很拘谨地向每个人赔着笑
向每个人絮絮叨叨地诉说
所有的人,都很客气地安慰他:
解决你的问题没有政策依据
回去吧,好好保重身体
安度晚年。可他还是不肯走
还在絮絮叨叨地诉说
几乎每次都是这样
他把一个人弄得不耐烦了
又去找下一个。一个又一个的工作人员
都在他的纠缠中悄悄走开
十几年了,几乎每次都是这样
当最后一个人也要下班回家
这个和我爷爷年龄一样大的老人
开始号啕大哭。他张着一张空洞的嘴
深陷的眼窝再流不出一滴泪来

那些人都到哪里去了

刘兴国,好久没有来了
他以前总是像一个
干部那样,把右手
插在口袋里,像是矜持
又像是傲慢。用左手歪歪扭扭地
签名。再也不拿出来了
他的右手手掌在很多年前
留在了工厂的机器里

李五丰,煤矿工人遗孀
说一口难懂的湖南方言
连比带画也难以让人明白
她在说什么。能让人听懂的只有反复的一句
——好可怜的,好可怜的。每一次
都要别人给她十块钱才肯走。她脸上的皱纹
重重叠叠

黄亦柱，孙子去打工后他只好独自前来

走一步喘一口气

走一步喘一口气。半个小时

才从一楼爬到五楼。坐在椅子上

剧烈地咳嗽

走的时候，不好意思地央求说

我站不起来了，扶我一把

他扶着墙，迈着颤巍巍的小步往外走

一边用含混不清的声音说，唉，下次不来了

袁牛丑，王秀娟，俞江焕，孙宝传

何渭昌，张仲惠……他们真的慢慢地就不来了

那么多让人挠头的问题

终于被时光给解决掉了

有没有人会偶然想起他们

像想起一个正在慢慢消失的熟人

我对世界厌倦已久

防盗窗栅栏的影子
斜斜打在阳台墙壁上

阳光温热
阳光陈旧

一架庞大芜杂的机器
平静运转

众生何其渺小
领受上天同等恩泽

无非各自选择
各自承受

怪兽

一直以来如影随形的想法是
此世无欢,不如解脱

一直以来有两件事始终
无法放下:女儿尚幼,妻子无业

一直以来,我坚持存储工资
坚持给妻子购买养老保险

被压制十几年后,固执的念头
如诅咒,再次蠢动——

卡中数字缓慢增长
院里香樟亭亭如盖

似乎我所有的努力,只是为了——
喂养胸中这头怪兽

石头

弥留之际,他要求看一看
让自己疼得死去活来的物件:
一百多颗石头装了满满一玻璃杯
他艰难而又仔细地端详着,看一会,喉头里咕噜一声
看一会,喉头里又咕噜一声
像是把这一生的屈辱,又重新吞咽了一遍
六十多年了,谁能想到呢,这个白沙村的
软柿子、闷葫芦
胆囊里居然能够长出这么坚硬的东西

年轻十岁才好呀

十八岁的女儿说,年轻十岁才好呀

天真童年,无忧无虑

二十九岁的内侄女何亚楠说,年轻十岁才好呀

天天被爸妈逼婚,都快要疯了

三十七岁的同事李娟说,年轻十岁才好呀

那个时候的老娘,人人都说貌美如花

五十一岁的大哥说,如果再年轻十岁

一定努力搏一把

七十岁的东叔年老体弱

他说,年轻十岁那才好呀

五年前我还能挖沉井,现在帮熟人看厂门的工作

都快要丢了哇

在医院

"还需要再建一百家医院,这个世界
有太多的人,没有看顾好自己的肉体和灵魂。"
"手术刀和药剂的棒喝,但愿能救赎他们
迷途的人生。也许他们更需要的
是教堂而不是医院。"

四月二十五日,人民医院
生病的人民排起了长队
急切等待拯救。我在乱哄哄的大堂
发蒙地站了一会,决定离开:"自我治疗
未必不是一种选择,无非是
发烫的体温,警示虚空生活里
异物的入侵;无非是现实主义的咳嗽
把沉溺于虚幻之境的自己憋醒。"

浮沉

双目紧闭,全身颤抖

喉头不时发出瘆人的打嗝声

案上烟雾缭绕,紧屏的呼吸中

一道神秘的天路若隐若现

通灵者留下躯壳,在咒语停歇的一刹那

去了遥远神界,为误入歧途的尘世

探寻药方——那年我五岁,发烧咳嗽

半年不愈。通灵者只求得

部分宽恕:冲撞"浮沉"之神

此生须忌水防溺。从此父母再不让我近水

三十五年后,我发现通灵者

曾匿下秘密:这一生,浮沉于河流之中

无法离开

此身将老

此身将老。突如其来的念头
带给我的并非想象的伤感和恐慌
而是难以压抑的暗喜：时光它
并不带鞭子。……哦，这么些年来
我一直力不从心地在人群里
奔跑。不敢承认自己的虚弱和
无能，疲惫和绝望
此身将老。时光令人惊讶地变成
一个解脱者，轻易就卸下
这么多年紧压我内心的
愧疚：我的亲人爱人，我的
兄弟姐妹，借着时光的名义
我要像个无赖一样
正大光明地辜负你们

不眠者

半躺在床上,呆呆地看惨白的墙
空气中发出刺刺的轻响:这奇怪的声音
到底从何而来?偶尔幽灵般去一趟客厅
——总是要在黑暗中呆立一会
才发现此举并无理由。这么多年了,夜晚辽阔安谧
一个不肯睡去的人,他似乎在等待神谕降临

元旦前作

四十岁。越来越像父亲了
懦弱、沉默,随遇而安
热爱平庸刻板且一眼看到底的生活
嗯。一潭死水没什么不好
无风三尺浪是别人的风景
它会令我不安和易怒——每当风来
我也起舞,也跌跌撞撞往前冲
发出和别的浪花一样哗啦啦的声响
只有我自己知道,其间的区别

填涂

十五个 B 和十五个 C，两条直线的
轨迹过于单调而
缺乏悬念。也许是应该有一些
变化了？第三列，他涂成一条斜线：从 A 到 D
又折回来，如是三次
曲径或通幽。莫名其妙地，就想起
这个句子。不惑之年
他仍然缺少足够的智慧
洞穿清白的卷面。最后一列了啊
他掐着指头，开始使用一种
不为人知的方法
进行计算，填涂出的答案
呈现出命运般的神秘和无厘头。当
铃声响起
这个脸色灰暗的中年男子
还在恶狠狠地修改
一个填涂得不够规整的方框
他要和莫测的谜底纠缠到底？

流浪记

做一名流浪歌手。没有人认为这其实
更像是一句谎言,那些可爱的女生完全忘记了
这个神情严肃的男人五音不全的事实
空空行囊,流浪歌手。想一想就让人鼻子
发酸。在这伤感的分别时刻
一切皆有可能。从另一个角度其实可以理解成
一切皆无可能。第一年
我在信中写道:不能让父母的白发照见我的自私
第五年,我恋爱了,为爱驻足
似乎再没有更加伟大的理由。第十年
我们开始为彼此刚学会走路的孩子开着儿女亲家的玩笑
哦,很快,现在是第十三年
远道而来的朋友,原谅我将自己的理想和行囊一起
遗忘在毕业酒会那个令人兴奋又惆怅的夜晚
如同你也忘记了带上你年少时那美丽的容颜
就着夜宵摊昏暗的灯光我们干了这一杯吧
虽然我不是个勇敢的男人
但总算是个负责任的男人

纸船

放学了，我和小华、永红他们
来到小河边
拿出了一整天才折好的纸船
小心翼翼地放入水中
纸船摇摇晃晃地往前走
我们摇摇晃晃地跟在后面
看着它们穿过一个个漩涡
到家了，我们只好依依不舍地和
心爱的纸船告别
它们能到达什么地方
我们总是无法想象

如今啊，永红已葬身
闽西一个黑暗的小煤窑
小华在家里种着田
我在离家乡不远的乡镇教书
童年的小河已经断流

再承载不起当年的纸船
只偶然看见一两条来不及远去的小鱼
在渐渐干涸的沙滩上绝望地蹦跶

陈振宇

二〇一三年正月初六
白沙村陈屋组陈振宇
留遗书一封
系石自沉于村前的梅江
殁年二十八岁

二〇一一年腊月,失业半年多的陈振宇
犹豫再三,把口袋里剩下的一千元
全部给了父亲
我要你给我钱吗?你争点气
让我风光一下
就算是你有孝心了
父亲一劈柴把炖着汤的锅给砸飞了

二〇一〇年夏天,陈振宇
跟村里的温华东
在顺德做沙发。发工资时

陈振宇只领到别人的三分之一
你做得太慢了
还是换个事做，温华东说

二〇〇六年春天，陈振宇马上就要
从南昌大学中文系毕业
当记者，当编辑，当公务员都很好
最好是自己创业当个老板。有个大学生儿子
父亲很自豪

一九九四年秋天，矮瘦、白净、温和的
陈振宇从四（2）班教室出来
向站在走廊上的班主任温度
礼貌地问了声好
走到放学的学生中，瞬间就被淹没了

一九八四年五月，在镇医院门口

白沙小学的陈冬生校长
等来了"哇"的一声婴啼
这个村里的文化人心潮澎湃
他的儿子还在腹中时
就有了个响亮的名字

那些女孩们

有红老公挣不到钱,离了
冬平老公摔断一条腿,离了
小华老公总是赌,离了
萍萍遇到一个对她很好的男人,离了
秀英的老公包工程发了财
外面带了别的女人,也离了

那些曾和我一起长大的女孩们
那些在我记忆中
朴素拘谨的女孩们
转眼间你们外出打工了
转眼间你们变洋气了
转眼间你们结婚了
转眼间你们又一个一个离婚了

转眼间你们不再出去打工
你们爱上了城市迷离的灯火

走马灯般变换的男人

和欲罢不能的麻将桌

温春明

十三岁时温春明从田头中学初一（4）班
辍学，跟了本村一个包工头
在建筑工地做小工。十二月
天下着雪，温春明赤着脚站在
冰冷的河水里捞沙子，长了一手一脚冻疮
问他冷不冷，他说慢慢就不冷了
甚至还觉得有点暖。十七岁那年
温春明身揣一百五十三元人民币
跑到了广东花都找工作，找了三个月，没有找到
只好在街头帮人发广告传单，一天能挣七元钱
刚够买几个馒头、一碗面条，晚上睡在街角边
二〇〇六年，温春明在顺德一个工厂
做搬运工，第一天上班
刚把两麻袋货物扛到肩上
一直身，"咔嚓"一声，腰断了

那一天温春明在县城街头碰见我

高兴得大呼小叫

我回头看着瘦成一根竹竿的温春明

胡子拉碴的温春明

有些驼背的温春明

过早衰老的温春明

眼泪一下就流了出来,我说:哥……

三个孩子

妻子说上星期六,本县某镇小学三个学生
下河游泳被淹死
三个孩子,两个跟爷爷奶奶生活
一个跟邻居生活。他们的爸爸妈妈
都在广东打工

妻子说这话时正值放学
一群一群的孩子兴高采烈走过我们身旁
在他们脸上
看不到任何关于死亡的阴影
可我还是心慌慌地盯着他们看
好像那三个孩子就走在他们队伍当中

狗

开初他们气氛很融洽
男人絮絮叨叨说了很多事
工地上看到的，听到的
不咸不淡，漫无边际
他上班很累，这种谈话
是温暖的
是他所渴望的
那个死去的女人他是认识的
所以才渲染了一下
她老公打的，医了十几天
死了，像死了只狗一样
"你的心是黑的。"晚饭后的温情
被毫无征兆地中断，这个傻婆娘
她也许可以附和一句
或者跳过去
可她没有，她点燃了战火
为一对毫不相干的夫妻

在工地那么辛苦，回家还挨
莫名其妙的骂
男人愤怒地拽着春秀的头发
结结实实地把她的头
在桌子上磕了四五下
春秀躺在地上，像是一条
受伤的狗

第四辑

野草疯长

蝴蝶

一朵细碎的花,安静,轻盈,飘忽
漫不经心。木茶树,野蕨草,常青藤
等待这一点睛之笔。白色的精灵,比微风更轻
这小小的美,比我内心的那道暗伤
还要小些。它翅膀上的斑纹,却比完美本身
完整。将泊未泊
它轻轻飘动,从容,淡泊,比静立时
还要安静。一个贸然闯入这片山坡的人
目睹了它飞临谁的梦境
并被深深地打动

午后山谷

隔着一座山峰,一片茂密的松树林
昌厦公路川流不息的车流,和喧嚣的轰鸣
被抛在了一千年之后
峰回路转,像是穿过一段,倒流的时光
这一个被岁月遗忘的山谷
突然出现在面前。风吹松林
轻轻呜咽的,会不会是唐人的箫声
从树枝间漏下来的阳光,照着
一千年前遗留下来的青苔
猝不及防地,这一片巨大的宁静
接纳了我——

清凉,安静,缓慢,慵懒……时光凝结
这午后的山谷,适合静坐
适合冥想,适合枕着鸟鸣入眠

山谷鸟鸣

在老鹰山,松林蔽日之中
一个无所事事的人
游历漫无目的,却隐隐感到焦躁不安:
头上沁着微汗,感到口干舌燥
……咕咕,咕唧咕,唧哩唧哩
几声鸟鸣,将他吸引:
不是一百只鸟叫的喜庆热闹,也不是
一只鸟叫的恓惶凄凉
他停下来,倾听,呼吸,他的内心慢慢地舒展开来——

这恰到好处的,五六声鸟鸣
扶住了他内心的宁静……

烟雨中的白沙村

每一个皱褶都在舒展
古老的白沙村,如同一片晾干的茶叶
在烟雨中慢慢地湿润,打开

穿村而过的,是微带凉意
的风。在地上曲曲折折爬行的
是横流的积水,每一个毛孔都在呼吸
吐纳。嫩绿色的白沙村
柳树啊,桃树啊,李树啊
都发出轻轻的尖叫声

暮云低垂,一抹轻纱
笼上了白沙村的额头

一池春水

春水满池。轻轻一摇就要溢出
万物放轻脚步,敛声屏息——

腰肢曼妙的垂柳,低着头饮水
两只粉红的蜻蜓,久久悬于池水上空
又倏忽远去,悄然无声。衔泥的燕子低飞
轻轻擦过水面,让人几乎无法觉察
一只白蝴蝶,呼扇呼扇地
飘过。安静地立在一枝水草之上
如一朵细碎的花
一只声音低沉的青蛙,隐身池塘一角,神闲气定

春水满池。偶然冒起的一个小水泡,它一定
吻到了低垂的暮云

泼剌剌一声响,一尾鲫鱼轻轻地跃起
一圈波纹轻轻荡漾
几乎让我和堤岸边的杨柳同时伸手去护

白鹭

白鹭在青青禾苗间散步
白鹭在杂草疯长的田埂上拍打翅膀
白鹭在水波荡漾的水田上方飞翔
白鹭像是个失意的孩子，长嘴，长颈，长腿
又像是一个倾斜的问号
优雅，忧郁，骄傲，漫不经心，拒人千里
白鹭，只在烟雨朦胧的梅雨季节出现
它离我很远

白沙村（其一）

打破碗花花的

小村。樟籽遍地的小村

萤火虫收起灯笼

怏怏地待在丝瓜幼苗

的背面

正午的蝉声从柳树溜下来

绕过门前瞌睡的老黄狗

扯着谁家小孩子的耳朵

把他拎出潮湿的老屋

他呆头呆脑地张望，青瓦楞上

几棵鼠曲草被风吹动

它们轻轻地颤了颤

复安静下来

妈妈絮絮叨叨地

告诉我：建民在广东抢劫杀人

被判了死刑。国华娶了老婆

栽禾时回来过，可惜都不做农活了

小荣,已有好多年不回家
几个赤裸着身子的孩子跑过
他们用百雀羚小铁盒煨豆子
在瘸脚阿二地里扒红薯
多像是往昔的时光重现
那儿时的瓦片啊,就那样贴着水面嗖嗖地飞
这么多年,一直没有沉落水中

乡村之夜（其一）

偶然的几颗星星又高又远，微弱的光芒

不足以照见五步外一簇黄竹、几株杉树

隐约的轮廓。甚至伸出的五指，都埋没在可疑的阴暗之中

好像和我隔着一百年那么远

乡村之夜，我需要在草地上躺下来

需要暂时闭上双眼，这一刻

世界一下子明亮起来：夜鸟扑翅的声音，草丛中的虫鸣声

池塘里的鱼泼剌剌地跳出水面

伸手就可以触摸到，如同伸手就能摸到

自己的心跳

乡村之夜(其二)

乡村安睡。星光下
村口的古樟静立,古樟下的小屋静立
小屋檐下的晾衣杈静立
晾衣杈思念着一件白色的汗衫
汗衫思念着甜美的井水
那口井,已有些年岁了
它轻轻地叹了口气,隐秘地冒出一串气泡

家狗卧在晾衣杈下,在睡梦中嘟囔了一声
夜凉清骨,它梦中的村庄是不是闪着银白色的淡光

晚风收起翅膀,晚风是村庄恬静的呼吸

薄凉

咕咕鸟轻轻地拍打翅膀
它的鸣叫像雾气一样缭绕
柔弱的黄竹
承受不住漫长雨季的重量
低头俯下身来,叶子轻擦额头
一丛荆棘半是固执半是害羞地
拉住我的裤管,它暗暗用力

路上散落着去年的树叶
一半已经腐烂
一半有着令人迷惑的干燥颜色
闪着亮光

空气有一点潮湿一点凉
我裸露着的皮肤
有一点潮湿,一点凉

雨后

远山只剩下隐约的一点
山尖。雾岚一直披覆下来
在更近处慢慢变薄。最后
化成若有若无的几缕
田野里阒无一人
渠水漫过石板小桥，漫过田埂
漫入稻田
五月稻苗青青
大地正在安静地生长

喊风

在菜地里干活

累了的时候

你就直起腰来

抽一袋烟

热了的时候

你就扯开喉咙

喊风

风没有名字

你只要喊一声

哟嗬——

风就听见了

有时候,风跑得远了

你喊不应它

需要另一块菜地的人接着喊

这时候,风就远远地跑来了

它先是跑到菜地边上的

李树上

接着,它跑到菜地里的黄瓜藤上

你微眯着眼睛

风就扑到你身上来了

幸福时光

正午的时候

太阳晒着黝黑的皮肤

发着油光

身上滚落的汗珠砸下来

把刚平整的菜畦

砸了一个又一个小坑

风喊不来

你口渴难耐

放下手中的活计

走到西瓜地里

找到那个畸瓜

这个你一直讨厌的家伙

此刻无比亲切

你一拳把它砸开

在李树下咔哧咔哧

把它吃完

那甜滋滋的感觉

一直沁到了骨头里

你决定奢侈地休息一会

躺在树下

头枕着锄头柄

摸摸滚圆的肚子

倦意慢慢袭来

你的头上是细细密密的李树叶

李树叶上面

蓝蓝的天空白云飘

风吹过蔬菜

神祇的一双大手
翻动大地这本书
它指读着一个个文字:南瓜、茄子……
这突如其来的抚慰
让大地之词在幸福地颤抖
辣椒哆哆嗦嗦地快速翻转叶片
发出一个个急促的短语
芋叶轻轻晃动,连着它的柄
它弯下去,弯下去,又慢慢弹回来
这是一个抒情的长句

雨后初晴。阳光还来不及把
泥土晒得干燥一些,菜叶上
还带着雨季的亮光
我和蔬菜一起,在风中
幸福地颤抖

雨中菜园

雨细得几乎感觉不到
只剩下一层雾气，濡在叶片上
慢慢形成水珠
南瓜细细的绒毛
发着亮光，一株豆角
开出了三种颜色的花：白花、蓝花、红花

菜园安静，只有水珠轻轻滴落的滴答声
我静静地站着
黄瓜的触须又悄悄向前伸了一寸

土地上长满一茬一茬的庄稼

这一块种辣椒,这一块种茄子

这一块种西红柿

靠水渠的那块,种总是喊渴的芋子

树下那一块,种上两棵葫芦

让葫芦挂满树枝

边上老坟旁那一小块三角地

种上几棵冬瓜

冬瓜蔓爬满坟包

雪里蕻换茬了,正好种豆角

拔完了大蒜种辣椒

包菜过后种空心菜

空心菜过后,正是甜瓜种植的时候

收获了甜瓜再种白菜

蔬菜们划地而治

轮流执政

田塍豆没有领土
只好把铁线草和野艾驱逐出境
在田埂上安营扎寨
大枝阔叶的军队
守护着一个个蔬菜的国度……

带女儿去菜地

带女儿去菜地

让她光脚踩在亲爱的泥土里

黑乎乎的泥浆漫过她洁白的脚丫

任由她在菜地里跑来跑去

绿色的蔬菜叶汁染满衣衫

让她一一抚摸君达、白菜

抚摸丑陋而善良的苦瓜

那些美丽的花朵,让我们满心喜爱

教她蔬菜那样朴素的爱

赞美阳光、雨水。告诉她蜜蜂是最勤劳的村人

稗草是那个游手好闲的二流子

忘了自家的菜地

去菜园里摘菜
忘了自家的菜地
站在地头
每一畦都似曾相识
那棵可作为参照的李子树
早已不知去向

一畦畦整齐的白菜
一畦畦整齐的蒜
一畦畦整齐的空心菜
对我这个已经陌生的人
抱着相同的客气和拒绝的面孔

站在地头,我不敢和蔬菜们对视
我曾和它们相亲相爱
相依为命
如今,我背叛了它们
同时被它们遗弃

民办老师的菜地

民办老师的菜地

像一个淘气学生的作业本

有点潦草

有点漫不经心

在一大片字迹端正的蔬菜中间

不好意思地低着头

偶然除了草的半畦

是发愤要开始好好学习的那一页

可热情和耐心只有五米

民办老师的菜地

像一个淘气学生的作业本

一畦一畦

只能勉勉强强打个及格的分数

偶然得了一个优秀

是两棵底部打着高高的肥堆的丝瓜

大枝阔叶怀抱满满当当的果实

让我这个民办老师的儿子
惊奇地围着它们转了好几圈

新华记

每次购置了新的农具
父亲都要认真地用毛笔写上
"后清记"三个大字
每一天,父亲拎着写着
"后清记"的镰刀
扛着写着"后清记"的锄头
挑着写着"后清记"的谷箩
忙碌在田间
那一年我十岁了
学会了写自己的名字
我在自己装草的畚箕上
工工整整地写下
自己的学名:新华记

这年充沛的雨水让二叔发了愁

这年充沛的雨水

让我暗暗为二叔高兴

他的两亩西瓜地

可以好久不用浇水了

那些青色的瓜苗

一直张着干渴的嘴唇

像一只狗那样

把二叔追得脚不落地

他的汗珠融合着渠水

掉在地里

嗞嗞冒一小朵白烟

这年充沛的雨水

让大大小小的西瓜

横七竖八地躺了满地

这年充沛的雨水

却让二叔发了愁

怎么得了
怎么得了
靠天栽种的西瓜它不甜
他在瓜田里团团乱转的样子
多年来我一直记着——

有空就去菜地转转

其实也没有那么多活可干
总共才五六畦菜地
面积不过半亩。换茬的季节尚未到来
前些日子种下的菜
开着白色的、紫色的、红色的
小花。充沛的雨水把它们的枝叶
洗刷得发着亮光
偶然的一株野草刚刚从黑暗中
探出头来，来不及把憋屈已久的
一口浊气吐掉
便化成了一声痛苦的尖叫

有空就去菜地转转
从菜地这头走到那头，又从菜地
那头走到这头
肩上的锄头只是一个摆设
这时候和游手好闲的二流子

没有什么两样——

摸摸黄瓜上的小刺

批评那株试图爬到邻居菜地的南瓜

和那几只天天见面的蜜蜂点点头

再蹲在田埂上抽一袋烟

就该到了晚饭时分

田塍豆

现在,我想和你说说田塍豆
这种卑微的植物
说它被田鼠惦记的幼年
说它被洪水肆虐的童年
说它干旱和饥饿的中年
以及烈火炙烤骨肉相煎的晚年
说它粗大的关节抱不住
一碰就折的叶柄
说它隐忍羞涩的花瓣
从不被人看见
说它怀抱的豆荚
轻轻一摇,便是坚硬的泪珠

说它从来没有过的祖国和故乡
说它一直在别人的国界上流浪

野草疯长

回了一趟老家。整个村子快被野草埋没
铁线草、千斤草、狗尾草、车前草、井边草、
　曲曲菜
一窝蜂地疯长，小时候常常玩耍的
老厅坍塌过半，半人高的野草从下厅爬入
占据天井以下位置——进入上厅祭祀
已经非常困难。村庄空荡荡的
偶然发现一个小孩，站在门檐下，怯怯地看我
如荒废稻田中一株羸弱的水稻

白沙村（其二）

和我越来越强烈的恐慌不同
他们搬离白沙村时，无论是去赣州住
还是去广东、上海住，内心都是坦然的
不管在外面生活多久
他们最终还是会回到白沙村
死了他们会埋回到白沙村
我也会被女儿埋回去
他们比我有底气的地方
在于他们的儿子，总有一天，他们的子孙
会代替他们生活在白沙村里

土堆坪的墓

土堆坪南边,是虎井人的祖坟
坟墓前面,是一小块空地
我们在空地上修简陋的茅厕,种桃树,种丝瓜
每年清明,虎井人来扫墓
都要和我们村的人打架
他们总是试图野蛮地把那块地清理一空
那时,大家都精力充沛
常常为此打得头破血流
那一天我回村里,看到土堆坪周围
被茂盛的箭竹和野草包围
我们早已经放弃了那块空地
而虎井人,他们也许还来扫墓
但已经对那些竹子毫无办法

奶奶的桃树

奶奶的桃树种在土堆坪东南的茅厕边上
果子还很青涩的时候便要开始看守
那时,我经常被奶奶委以重任
和村里馋嘴的小孩们斗智斗勇
如今奶奶故去多年,桃树已经和箭竹生长在一起
桃子在树上熟透也没人理会
它们只能等秋天被风吹落,慢慢霉烂
那时会有一队蚂蚁,把它们搬回家去

这个世界迟早属于野草

它们从池塘边长出来

从土堆坪的坟头长出来

从村里的空地长出来

从村道的青石间长出来

在倒塌的房屋地基上,它们长势最好

垒墙的三合土据说比菜土还要肥沃

它们爬上了裂开的墙壁

又爬上了瓦檐;即使有人居住的房屋

它们也肆无忌惮长到了房门口

——那个颤巍巍的老人早已无力对付它们

它们甚至从水泥地晒谷坪里

长了出来!蹲在晒谷坪上,半人高的杂草

葳蕤蓊郁,我绝望地想

白沙村并不是我的,也不会是我儿子和孙子的

这个世界迟早属于野草

羊角塘的草

那时候,村庄是往外凸的
村子外围是一排池塘
池塘那边是稻田,稻田边的旱地是菜地
后来,河滩上也开了荒种了菜
为了一块荒地,村民们时常拳脚相向
白沙村没有野草的藏身之地
我们打草沤粪,要涉过梅江河
到六七里外黄石乡的羊角塘去

白沙村不断往里收是从菜地开始的
它首先退出了河滩
然后又退出了旱地,种到了池塘对岸的稻田里
接着,它越过了池塘
种到了倒塌房屋的空地上
尾随而来的是羊角塘的草,比原先长得高大
它们蹲在菜地和房屋周围
随时准备占领整个村子

菜地

"村子里也能种菜了。"父亲喟叹一声
现在,白沙村的菜就种在村中央
种在房屋拐角处,种在从前的村道上
种在倒塌的屋基上
冬瓜、眉豆、丝瓜,东一畦西一畦,长势良好
这真是难以想象,从前的白沙村
鸡鸭狗猪和小崽子们横行
整个村庄被踏得光溜溜,别说菜,连一根铁线草
也没那个狗胆敢长出来
那时的菜地被一排池塘和村庄隔开
几条窄窄的通道上安上了栅栏
如今,池塘对面的土地已大半荒芜
调皮捣蛋的小崽子们难觅踪影
偶尔几只无所事事的鸡
对村中央的菜地也毫无兴致
它们钟爱的是村子里茂盛的杂草丛

八月二十三日夜半惊醒

半夜里突然醒来

闭着眼睛,无法再次入眠
记忆中的白沙村渐渐呈现,盖掉了白天所见的陌生村庄:
破败倒塌的房屋重新站立,十字厅旁边的
枣树、柳树、木槿树和大樟树
一棵棵活了过来;池塘水满,彩色条纹相间的
"蓑衣壳"快活地游来游去
再往前走,密密麻麻的箭竹退回到
六爷爷家茅厕的一角,露出铺着青石的村道
齐人高的野草,也从一排排屋檐下消失
就这样,从村头到村尾,我慢慢地走了一圈

仿佛创世之初,上帝手指所及
白沙村人丁兴旺,鸡犬喧闹

故里草木深

草木繁茂,颓败的村庄
几不能行,隔着密密的箭竹

池塘边老樟树嫩绿的叶子摆动
仿佛内心有盛不下的喜悦

草木中蝴蝶轻盈,鸟鸣清脆
它们没有怅惘伤感,它们的故乡繁华美好

颓败的白沙村另有盎然生机
说起来不过是更换一批村民

泥水匠

从高处往下看
白沙村几乎要成为废墟了

房屋只见倒塌,不见新建
他们只会建到村外的公路边上,建到镇上,建到县上去

也有例外的。祠堂和老厅堂倒塌了
还是要重修,里面住着白沙村的先人

泥水匠石生停下手中的活
靠着即将封顶的老厅堂墙壁抽了一支烟

四下寂无人影,听得见野草拔节的声音
阳光暖暖的令人有些忧伤

苍老的白沙村

我见过它年轻时的样子
贫瘠、茫然、粗俗,血脉偾张
有人为鸡毛蒜皮的小事大打出手
有人在月夜的甘蔗林里偷情
如今它已老朽,靠在燕子岭下
晒着冬天的太阳苟延残喘
身体里的荷尔蒙
一点一点全喂给了
亢奋的城市

老屋

还没从赣州回到白沙村
父母就决定要翻修家里的房屋

这些年忙着带孙子,才建十几年的屋子
大部分时间空着,破败得异常快

儿子儿媳都反对,这太不划算了
花这么多钱修房子,到时谁会回去住

父母一意孤行,理由正好相反
不花这么多钱修房子,到时谁会回去住

我们说的都是父母百年之后

进城

一张口,年轻人被吞了进去
一张口,小孩和老人被吞了进去
一张口,村头的大樟树被吞了进去
一张口,连田野里飞舞的萤火虫
也被吞了进去

城市里长出了高楼、学校、生态公园
白沙村只剩下河道上的风吹来吹去
像是祖先们的亡灵在不安地奔跑

断 裂

为了把父母留在城里
我们兄弟软硬兼施磨破嘴皮
说村里没几个人了
说总跑回去看他们会很辛苦
说他们身体不好,有个伤风感冒怎么办
说乡下的房子,连卫生间都没有
吓唬他们一不小心就掉到茅坑里了

父母只好放弃回村的打算
他们嘟囔着说,当时说好带几年孙子
就要回去的。我心里咯噔一下
仿佛裂开了一条缝:从今天起,白沙村
真的只是故乡了

返乡

父母打电话来,再次要求回老家居住

二老年迈多病,乡下居住多有不便
儿孙们奔波忙碌,抽空探望更是左支右绌

但是他们一改不给儿女添乱的习惯
态度坚定,难以撼动

老家里,田地已芜,房屋将败,寿木未备

回一趟老家吧

不要在春天里回去
那时春水满池，遍地嫩绿
不要在夏天里回去
那时树木葳蕤，鸣蝉喧闹
不要在秋天里回去
那时稻田金黄，瓜果飘香
不要在最冷的冬天里回去
那时四野寂然，天地静默
这都会带给你一定程度的错觉

选一个十月初的日子
树叶尚有残绿，阳光尚存温热
墙角蹲着一个尚有时日的老家伙
这是你的村庄，你的老家

净土寺

净土寺正殿，摆的是释迦牟尼

西边偏房，摆的是许真君

正月，念佛法会要持续九天

八月，许真君生日法会

也是九天。这两个时候，种田的

读书的、杀猪的、做米糖的、卖豆腐的

都聚在寺前的空坪上

都要把释迦牟尼和许真君

分别拜一遍

种豆

霞光之下万物有序
炊烟离开烟囱,露珠滚落大地
四月的风擦着村庄继续北行
梅江水拐个弯仍然东流
成仙岭和燕子岭并肩而立,黝黑沉默
狐狸塅一路俯冲,奔跑到我们脚下
母亲在平整后的菜垄上开窝
大哥往土窝里撒上薄薄的鸡粪
我往鸡粪中央撒下豆子
父亲是站在最后面的人
他把菜垄沟修平,挖出的土块打碎
盖在豆窝上面

石泉寺

七年前寻得这一偏僻之所
从香火旺盛的塔下寺，一个人搬了过来
"塔下寺那些人……"悟昊和尚言辞颇有不屑
他说自己是"懂的"，给我们讲大鹏金翅鸟
说它是如来佛祖的舅舅；说观音住在云层的第二重
他喟叹着他的孤独。我看到寺墙上"不求他人理解"
　一类的话
那字似乎练过几天。天色向晚，石泉寺冷风阵阵
一道瀑布从寺顶石崖落下
被风吹得如烟如尘

十方佛

竹林是悟昊和尚练功之处
每一株竹子上
都用刀子刻着"十方佛"三个字
也许是"某某爱某某"之类的涂鸦给他的灵感
这和尚,太有表现欲了,我们几乎要笑出声来
悟昊和尚却有些得意,扶着竹子大声吟诵
山谷回声阵阵
孤单的石泉寺,在寒风中肃穆庄严

葬礼

棺椁刚落地,没顾得上安顿父亲
儿子们悄悄地使了个眼色:"快跑!"
几个儿媳妇猛然收住悲伤的哭泣
来不及擦一把眼泪,身手敏捷地跑了起来
甩掉彼此的想法,和一路上的哭泣
　一样真切——
死者的福报将降临至第一个到家的人

甘露寺的诵经声

在七月里,高处
是痛苦的存在
汗流浃背的人
按捺不住内心的烦乱
他想低一点,再低一点
一头扎进生活混沌的阴影中
化为山谷潮湿的根部
爬行的薜荔
向西的甘露寺,传来悠长的诵经声
下午四点钟的阳光
穿过窗棂
照在诵经和尚的身上
他们手持木鱼
表情安详,诵经的声音安定、清凉
好像内心埋有一眼清泉
他们轻轻吟诵
把这眼清泉
源源不断倾倒出来

被覆盖的记忆总会回来

村子里几十年变化颇大
几处多年不曾去过的地方
已然完全不能相识。深夜里闭上眼睛
菜地、田埂小道、一排排挺立的李树
清晰浮现。是的,我能看到
池塘边千斤草上,一只蝴蝶扑扇着翅膀
家狗从甘蔗林这边钻了进去
半天才从更远处茂密的红薯藤中钻出来
——小时候的白沙村,还在我脑海中
有些惊讶的是,从村外到老家的那段路
小时候,是走马陂下来的
一条大水渠,我曾熟知它每一个分支
曾熟知它弯曲的弧度和每个堤坝的缺口
但我无论怎么努力
出现在我脑海中的,却是于十年前的修筑
每次回家都要走过的水泥路
不过我并不担心这段被覆盖的记忆

它总会回来的：那一年，我目睹了弥留之际的

六爷爷，他在半昏迷的时候

清晰地看到，一条来自他童年的鱼

从水缸里跳出，跌落在已是一片箭竹林的地面上